U0032561

十七歲的輕騎兵

路內

目次

自序
一九九〇年的名物

1 三校生

我生於一九七三年，少年時居於蘇州，不知讀書治學可貴，十六歲初中畢業進一所化工技校念書。簡單做個加法就知道，那是極為混亂的年分。大陸將中等專科學校、中等技術學校、中等職業學校（分別簡稱為中專、技校、職校）稱之為「三校生」，當年風氣，中專畢業進入國營企業是幹部編制，其餘是工人。在社會主義國家，幹部與工人大約相當於今日之白領和藍領，除開待遇不同之外，談戀愛也能就此劃分出不同的區間。技校與職校，大部分是流氓青少年，偶爾也有美麗的女生，保守或風流，進步或墮落，都是當年的價值觀。如今的人們不再談論這些了。

2 港臺流行歌曲

大約在八十年代末期港臺流行歌曲正式傳入大陸，配合MTV和原唱（之前則多半是由大陸歌手翻唱）。這種瘋狂湧入，違背了「流行」的規律，幾乎是在一夜之間同時聽到了羅大佑、譚詠麟、齊秦、小虎隊等等上百位歌手、樂隊、組合的歌曲，目睹他們穿著時髦的衣服。從文化角度來說，蔚為奇觀。因此在這本書裡，提到了很多。我忽然想起，前幾年在《GQ》雜誌中文版的頒獎典禮上，我曾經和吳奇隆先生同台拿過獎，思之猶如隔世。

3 自行車

彼時城市皆為中等規模，公共交通不夠發達，上下班可使用的唯一的交通工具就是自行車，青少年也以騎自行車為榮，長期占領市場的諸如「二八鳳凰」（二十八英吋鳳凰牌自行車）漸漸不那麼受歡迎了，變速山地自行車剛剛出現，深受喜愛，也是時髦之一種。當然，一輛好自行車的最終結局一定是被人偷走，幾乎沒有第二種可能。我遇到過的最壯觀的場面是一棟樓裡所有的自行車被人在半夜開著卡車全部運走。

4 資產階級自由化

貶義詞，指的是耽於享受、不服管教，但我至今沒搞清它的政治意義。現在看來，它不是一個法律上的指控，有點像道德敗壞的意思，它一度取代了「流氓阿飛」這種詞，使普通的流氓行為看起來像是一種對國家和體系的破壞，然而到一九九二年，就沒人把這個詞當回事了。

我的一個同學曾經被老師評為全校資產階級自由化典型，並開學生大會批判他，原因是他刺兒頭，不好管教。該同學嚇得要死，同時無法理解，他窮得連自行車都買不起怎麼就成了資產階級。後來他爸爸舉著菜刀衝進了學校，要求校長解釋一下他的階級問題。這事怎麼解決的我也不太清楚，反正資產階級是不會舉菜刀的。

5 國營企業

現在這個詞改叫「國有企業」了，並且，有所謂「央企」和地方企業之分。這本小說裡，提到的所有的國營企業，都屬於地方企業。在一九九〇年，進入國營企業做幹部職工仍然是一種理想生活的模式。儘管深圳特區已經出現，但那是一個需要「特區通行證」才能進入的區域。外資企業（有時也叫三資企業）極少，能接觸外國人和港澳臺同胞的地方通常是涉外賓館，這也是在沿海大城市才能有的。所有人都沒意識到，開放的市場會來得這麼快速，以及開放本身會造成這麼大的變動。

這個體系的變化不是一句兩句能講清的。現在如果來到沿海城市，小說裡那種粗糙的、落後的化工企業已經消失了，環境汙染也得到了改善。如果有人說自己是國營企業的工人，除了貧困地區的農民以外也沒什麼人會羨慕他了。

6 烈士

主要指的是在革命戰爭中犧牲的軍人（也包括一些在抗日戰爭中犧牲的國軍將領），另有一部分是在保護國家財產時（例如救災、刑偵）犧牲的幹部和群眾。烈士是一個很具體的稱號，必須經由國家認定、證明。烈士的子女在考大學、分配工作時可以得到優惠。每座城市都有烈士陵園，以供瞻仰。

7 經濟收入

幾乎每一部寫過去年代的小說，最需要解釋的就是錢，錢是件麻煩事。

一九九〇年我父親作為一名國營工廠的工程師，工資和獎金大約每月三、四百元，這是城市中等收入。學徒工每月幾十元。農民的收入不固定，也有年收入過萬元的，也有赤貧的。一些做生意的人（俗稱「下海」）甚至有幾十萬元的存款，在當時看來是天文數字。

當時的物價情況我只能根據自己的印象來寫了：一盒磁帶（錄音帶）是大約八元（我每個月能買得起一盒就不錯了），一輛國產自行車兩、三百元（偷走了就完蛋去了），坐公共汽車五角錢（逃票是有意義的），普通香菸三元五元一包，拿得出手的香菸十元一包（例如「紅塔山」，每天都得一包，所以我也不知道那幫菸槍是靠什麼活著的），一台國產的十七英吋彩色電視機價格一千七百元（相對我父母的收入而言，我簡直想不通他們為什麼要買這麼奢侈的東西）。

8　關於我本人和這部小說集

這部小說集最早的篇目是二〇〇九年寫的，終章則寫於二〇一七年，跨度九年時間。在大陸出版時，有編輯建議我把最精彩的篇目放在開篇，這也是短篇集通常的辦法。我最終還是否決了這個方案，目前的排序，和寫作的年分完全一致，看上去還不錯。它被稱為「追隨三部曲」的番外篇。「番外」這個詞不夠文學，但我也接受了。

寫一部關於三十年前的青少年的小說，而且是一群文盲，而且是在一座不起眼的中等城市，有時會產生文學上的誤解（比如我是不是一個「青春小說」的作者）。多數問題很難一兩句話解釋清楚，我不想刁難我自己，也不想為此麻煩讀者。我曾受《聯合文學》雜誌之邀，至臺北觀光。有一天清晨，我站在馬路邊抽菸，找一位大叔借火。我倆抽了幾口，一位姐姐走過來，指責大叔在門廊下抽菸汙染了環境。大叔啞口無言，姐姐順便瞄了我一眼，我解釋說自己是大陸仔，但終究還是無法解釋環境汙染問題，於是就把菸掐了。另一次，我與一群青年作家在西門町的K歌房唱歌，員警忽然來查證件（其實是樓上出了命案），只有我啥都沒帶（我還以為在臺北不會有查證）。是詩人楊佳嫻女士和作家高翊峰先生出面替我做了解釋（還有《聯合文學》的一群青年作家），兩位帥氣的員警也就放了我一馬，沒把我帶走。如果帶走的話，雖然給我提供了小說素材，但總不免會影響大家玩樂的心情。

我的意思是，在美麗而友好的臺灣，我不介意多解釋幾句，這比寫一篇像樣的前言要開心多了，希望讀者不會覺得我囉嗦。

四十烏鴉鏖戰記

我們所有的人，每一個，都他媽的差點凍死在一九九一年的冬天。

幾乎每一個人都是瘦了吧唧的，除了豬大腸是個腦垂體分泌異常的巨胖。而那一年冬天，即使是豬大腸都他媽的差點凍死了。

這個班級一共四十個男生，學的是機械維修，沒有女孩兒。全天下的女孩兒在那一年都消失了，經過了兩年的技校生涯，我們都變成了青少年性苦悶，隨時都可能崩潰，每一分鐘都是忍耐著進入下一分鐘。而那一年冬天異常的冷，冷到你什麼都想不起來，連女孩兒都不想了。

四十個男生騎著自行車到郊外的裝配廠去實習，裝配廠在很遠的地方，從城裡騎到裝配廠，相繼看到樓房、平房、城牆、運河、農田、公路，最後是塔。塔在很遠處的山上，過了那山就是採石場，關犯人的。闊逼他哥哥就在那裡面幹活，黃毛的叔叔在裡面做獄警。我們到了裝配廠就跳下車子，一陣唏哩嘩啦把車停在工廠的車棚裡。出了車棚，看到那塔仍然在很遠的地方。

進去頭一天我們就把食堂蒸飯間給端了，那裡有很多工人帶的飯菜，放在一個像電冰箱一樣的櫃子裡蒸，這玩意兒叫什麼名字反正我也懶得考證了，中午時候，工人到櫃子裡去取飯菜，各取各的。頭一天我們都沒帶飯菜，跑到食堂裡一看，那兒的飯菜都吃不起，四十個人跑到櫃子那兒，端起飯盒搪瓷茶缸，十分鐘之內全部掃空。那會兒工人還正慢慢騰騰地往食堂這兒走呢。

吃完這頓，裝配廠的廠長差點給我們班主任跪下來。

養不起你們這四十個混蛋，你們請回吧。

班主任差點給廠長跪下來。

無論如何讓他們實習這兩個月，保證不搶東西吃，保證老老實實的。

然後就把帶頭偷吃的闊逼給處分了，闊逼背了一個處分，有生之年只能去飼料廠上班了。

我跟鐵和尚合吃了一個粉紅色的搪瓷茶缸，那天是冬筍燉蹄膀，其他人吃得都不如我們，他們都不想去揭開一個粉紅色的茶缸，不知道為什麼。

吃完我們反正就溜了，記得粉紅色茶缸上還有一串葡萄圖案，挺好看的。

在冬天來臨之前，車間主任讓我們去擦窗，告訴我們，有裂紋的玻璃一律都敲碎了。這樣他就可以申請換新玻璃。車間裡的窗玻璃大部分都有裂紋，也能擋風，無非是不夠美觀罷了。四十個男生舉著四十把榔頭一通胡敲，窗玻璃全都被砸爛了，風吹了進來，車間主任覺得有點冷，跑到總務科去申請領五十塊玻璃，總務科把申請單扔了出來。

於是這個冬天車間裡連一塊玻璃都沒有，工人罵罵咧咧糊報紙，冷空氣南下之前外面下了一場雨，報紙全爛了，再後來就沒有人願意去糊窗戶了，情願都凍著。

壞日子都是出自情願，而好日子要看運氣。

四十個男生守著一輛小推車，要用這輛推車把至少十個立方的汙泥運到廠外面去。沒有鏟子，連簸箕都沒有。八十個眼睛連同偶爾的幾個眼鏡片子一起瞪視著十個立方的汙泥，起初還能用手撿幾塊土坷垃，扔進推車裡，後來沒法撿了，泥土如新鮮的牛糞。四十個男生蹲在汙泥旁邊，抽菸，打鬧，做俯臥撐。我一個人推著小推車，想把僅有的一點土坷垃運到廠門口去，迎面來了一輛叉車*，躲閃不及，

* 叉車，即堆高機。

撂下推車就跑，叉車正撞在小推車上，發出一聲巨響，兩個車轂轆像大號槓鈴一樣朝我們滾來，剩下一個鐵皮車斗崩到了不知什麼地方。開叉車的女工，嚇得臉色潮紅，跳下車子對我們破口大罵。

小推車沒有了，我們抽菸，下班前車間主任扛著一把鐵鍬過來，讓我們加班把汙泥運走，看見那輛小推車，也傻了眼。我們騎著自行車呼嘯而去。

那是冷空氣來臨的第一天，有什麼東西呼啦一下收縮起來，臉上的皮都緊了。四十個男生都穿著單衫，其實也沒多大差別，你要是騎自行車在一九九一年的冬天跑來跑去，那所有的棉襖都擋不住。

豬大腸剛跳上自行車，兩個氣門芯像子彈一樣射了出來。豬大腸有兩百五十斤重，是個畸形兒，二八鳳凰的輪胎也受不住他跳上跳下的。我們都走了，剩下他一個人推著自行車回到了城裡，修自行車的小攤一個都不見，豬大腸得了肺炎，他不用來實習了。

四十減一。出於方便起見，還是算四十個，豬大腸即使死了我們也會給他留一副碗筷的。

我們四十個人，坐在灰撲撲的車間裡。外面下雪了，天色陰沉如一塊白鐵皮，車間裡某些地方還亮著橙色的燈光，那可能是車床的燈，或者鑽床，或者刨床，或者銑床。四十個人全都沒搞清什麼是車床什麼是刨床。燈光晃眼，我們派菸，抽的是紅塔山。

工人們都縮在休息室裡，裡面有個爐子，架著一個水壺在燒水。裡面很暖和，但我們四十個人進不去，我們只能蹲在風口，撿了一些草包鋪在地上，有人坐著，有人躺著，沒多久就凍得神志模糊。為了清醒一下，我們建議把卵七的褲子扒下來，卵七本人也沒有抗議，當他想抗議的時候，褲子已經不見了。卵七光著屁股，用草包做了一條類似夏威夷草裙的東西，圍在腰裡，滿世界找他的褲子。後來雞眼走到卵七身後，用打火機點燃了他的草裙。

這個遊戲做完以後，我們和卵七都覺得很暖和。

這四十個人之中，楊痿是戴眼鏡的，楊痿擅長畫畫，這門手藝是他從爺爺手裡學來的，他爺爺大概是個畫糖人的。楊痿用一支炭棒在牆上畫了個裸女，和真人一比一的比例，乳暈有銅板那麼大，這件藝術品讓我們肅然起敬，全都倒退三米，瞇著眼睛看畫。楊痿說，畫得越大，越震撼，你們看到的黃色圖片都只有巴掌大，這是不具備藝術衝擊力的。

老瞇勃起了，可憐的老瞇，看到炭棒畫都會勃起。

雪下了好幾天。好幾天的時間，四十個男生都穿著深灰色的工作服，蹲在倉庫區的棚子下面，那地方擋雪，但不擋風。我們決定派一個學生代表，去跟廠裡交涉，要求給一間有牆壁的房間。最後是班長九妹妹，帶著團員槓頭，兩個人去打電話給班主任，說我們實在凍得受不了啦。班主任說，要學習一下堅守在祖國邊疆的戰士嘛。

這時我們在倉庫區凍得像一群剛從水裡撈起來的烏鴉，先是感覺自己的耳朵不存在了，然後是鼻子，然後是腳趾，漸漸的我把全身上下都交付給了另一個人，這個人帶著我穿過大雪，走到了一個類似海岬的地方。除了心臟還在跳，其他器官都停頓了。

九妹妹和槓頭打完電話，在廠門口喝了一碗熱豆漿，讓自己暖和一點，又在豆漿店裡抽了幾根菸，再跑回來找我們。兩個人都嚇傻了，那倉庫棚子塌了，鐵架子和油氈拌在雪裡，有點像巧克力聖代。

是火罐幹的，火罐等九妹妹和槓頭，等了很久，我們都快凍睡著了，火罐一個人在雪地裡跑步，跑得興起，一腳踹在工棚柱子上。聽見吱吱咯咯的聲音，好像煤礦塌方之前的動靜。我們全都醒了，趁著年輕腿腳便利，呼啦一聲跑了出去。聽見轟的一聲巨響，工棚被大雪壓塌了。

你應該慶幸那是一杯巧克力聖代而不是他媽的草莓聖代。

四十個男生中最狠、最強、最有背景的滅絕老大在逃跑時滑了一跤，也不嚴重，兩個門牙磕飛了。可悲的是這兩個門牙曾經被人打下來過一次，磕飛掉的是後來補上去的，那不是門牙，全是錢。如果僅僅是門牙，他也許就不會那麼難過了。

下班前我們都去職工澡堂洗澡，讓自己稍微暖和一點，澡堂裡很安靜，裝配廠的職工一個都不見。我們脫光了，像奧斯維辛集中營的猶太人一樣衝進去，大水池是乾的，只能去洗淋浴，擰開水龍頭，蓮蓬頭喘息了幾下，流出像前列腺增生一樣細細的一股涼水。

四十個光屁股的人，對著四個蓮蓬頭，每十個人排成一隊，陽具被寒冷揉成袖珍，雞皮疙瘩貼著雞皮疙瘩。如果給我一把槍，我願意把裝配廠所有的工人都打死。

四十個男生就是四十把槍，有機槍、步槍、手槍、射魚槍、紅纓槍……射程與火力不同，目的是一樣的。

現在這四十個人排著隊，向古塔那邊走去，天還是陰的，到底有多少天沒見到太陽，我都想不起來了。塔看起來很近，但真要走過去，就如同在夢中脫一個女孩的衣服，怎麼也脫不完，怎麼也走不到。

看見河了，河面上結著冰，冰到底厚不厚，我們誰也不敢保證，但是橋確實在很遠的地方。我們決定從冰面上走過去。不可能四十個人一起走，推選毛猴子做斥候，毛猴子不樂意，我們把他的車鑰匙掏了出來，扔到了河對岸。毛猴子破口大罵，緊跟著他被按倒，腳下的旅遊鞋被扒下，扔了過去，這樣他就只能穿著襪子從冰面上跳過去了。毛猴子輕盈地踏上冰面，跳芭蕾一樣，閃啊閃的，樣子很賤地過去了。

路上一個人都沒有。雪又開始下了，我們決定回去。

毛猴子在對岸大喊，沒問題，都過來吧。一邊喊一邊找鑰匙和鞋子，又喊，我操，我還有一個鞋子呢。

大馬拎著另外一個旅遊鞋，喊道，還有一個鞋子在這兒，我們先回去了，你自己過來拿吧。說完把鞋子掛在了光禿禿的樹枝上。

走過農業中專，那學校沒有圍牆，看見一群男孩在雪中踢足球。痰盂決定去搶一個足球過來玩，我們一字排開蹲在路邊，每人叼一根香菸，給痰盂壓陣。痰盂想了想，覺得這四十個人都不是什麼好東西，真打起來可能會袖手旁觀，也可能會一哄而上，不是他痰盂被人打死，就是他痰盂帶頭去打死別人，這兩種結果都不太好接受。搶足球的事情就不了了之了。

在農業中專那兒仍然能看見那座塔，我知道爬上塔就可以看到更遠處的採石場。現在我們只能蹲在路邊眺望著塔，我們離它更遠了，但在視線中它並沒有變得更小。雪下大了，它只是模糊於雪中。

在不同的季節你會愛上不同的女孩，我對那些永遠只愛一種男人的女人表示不屑。這肯定不是口味問題，而是她們的審美出現了偏差。不同的女孩會被我在不同的季節愛上，這一定律也適用於後面那三十九個混蛋。

比如在遙遠的夏天，你會愛上重點中學的女孩，也會愛上語文老師那個瘦瘦的有著好看嘴唇的女兒，或者是一個拎著西瓜刀的女流氓，可是在一個快要凍成傻子的冬天，四十個形影不離的男生是四十隻營養不良的烏鴉，在梵谷的畫中飛過，即使沒有死亡，也帶著不祥之氣。這樣的冬天，四十隻烏鴉可能會愛上一個稻草人女孩。

稻草人女孩打著一把折疊小傘，頂著雪，從我們眼前經過。我覺得她是一「朵」女孩。

肖雞說她就是自己的夢中情人。肖雞穿著過於肥大的深灰色工作服，他大概只有一米五的身高，你給他一把雞毛撣子，他能直接當拖把用。不知道他為什麼要領一件大號的工作服，也許是貪圖布料比較多？肖雞的夢中情人，我們只當是一件大號的工作服。後來大屎跑過去，差不多鑽到人家傘底下，把稻草人女孩嚇了一跳，大屎撒了歡地跑回來報告，說那女孩美得一塌糊塗，我們學校的團支部書記跟她比起來簡直就是一塊辣雞翅。

哈巴趙說，如果你覺得自己愛上了一個女孩，先摸摸自己的雞巴，它要是沒勃起，那就說明你可能是真的愛上她了。

第二次看見她，她從對面走來。每一個人都把手伸到自己褲子裡，於是每一個人都說自己愛上了稻草人女孩。

她可能是科員，她這麼無所事事地在廠裡走，工作服乾乾淨淨的，戴著一副白色皮手套，全世界的商店裡都找不到白色皮手套。四十個男生決定跟蹤她，這次不會有人來做斥候了，四十個人只能一起行動，他們跟在稻草人女孩身後，她往前走，四十個人也往前走，她停下，四十個人假裝抽菸；她去食堂，四十個人蹲在食堂門口。如你這一生有幸被四十個男孩尾行，但願如此，等大家都死了以後，我們會變成四十個烏鴉停在你的墓碑上。

最後她走進了廢品倉庫，她是廢品倉庫的管理員。有一天我跑進食堂，看見稻草人女孩在吃飯，她有一個小小的鋁製飯盒，還有一個粉紅色的茶缸，上面印著好看的葡萄圖案。原來我吃過她的冬筍燉蹄膀。沒注意到她少了一根手指。

車間主任指著我們說，你們他媽的連個車床都不會玩，車出來的東西全他媽的是廢品，當心把自己手指頭車進去，跟廢品倉庫那妞一樣。我們一起看著他，問，那女的手指頭沒了嗎？車間主任說，她原先是個車工，手指頭車掉了。

這不算什麼，在軸承廠，一年能車下來一碗手指頭。不管是美女還是醜女，手指頭車下來了就都是一樣的了。

這不算什麼，稻草人女孩缺了一根手指頭很尋常。

飛機頭連電影票都買好了，本來想請她去看電影的，後來他把電影票給了我和屁精方。下班之前，飛機頭又反悔了，說他還是想請那女孩去看電影。飛機頭太他媽的純情了，我很同情他，把電影票還給了他，但是屁精方，那個王八蛋把電影票弄丟了。飛機頭捏著唯一的那張電影票，再後來的事情就沒有人知道了。

裝配廠在市郊，騎車得一個半小時才能到。我媽媽說，一個男人，每天騎自行車超過兩個小時，就會得不孕症。我期盼著自己得不孕症，這樣和女孩做愛的時候就不用擔心懷孕了。我不知道去哪裡找避孕物。

當然我也不知道去哪裡找女孩。

瘟生帶了一盒錄影帶，瘟生家裡就是幹這個的，出租錄影帶。我們在他爸爸的店裡看過了至少一百部港片，至少兩百部三級片，有時也能看到頂級的，但那不能在店裡看，得去瘟生家裡，得請他吃飯。四十個男生同時看毛片的場面，也有過那麼一兩次，我只記得禿鳥跑進了廁所裡，把門反鎖上，同時要求我們把音量開大，再開大。

瘟生帶來的錄影帶，在冬天根本不起什麼作用，我們已經凍成了四十個螺螄，小便時都想蹲下來。瘟生很傷自尊，就說，這不是你們以前看過的，這本片子都是女的主演的。

喂喂這是什麼意思，為什麼會有兩個女的主演的色情片，難道不需要男性嗎？

瘟生說這種事情你們根本不懂。

錄影帶是一罐密封的扣肉，我們是想吃扣肉的四十個烏鴉。它黑沉沉地擺在我們眼前，想像力被限制住了。

下午，我們在廠區閒逛，看到一個通風口，像小墳墩一樣藏在電焊車間後面的枯草叢中。通風口上的木製百葉窗已經被砸爛了，裡面是一口深井，我們可以下去試試看，抓了小癩就往下扔。小癩說，求你們別他媽的扔，我自己下去還不行嗎，有梯子的。

小癩到了下面，喊道，有個通道，不知道去哪裡的，太黑了什麼都看不見。剩下的那些人，在上面看不到小癩，只聽見他的聲音，覺得很好奇，膽大的陸續都下去了，中等膽量的也下去了。最後是膽小的，在電焊車間後面凍得一跳一跳的，也決定下去。四十個人不可能都站在深井裡，最前面的由小癩帶領著向通道裡走去，後面的人跟上，打火機一個接一個亮了起來。

我們走進了一個地下舞廳。

每個廠都有舞廳，裝配廠的舞廳是地下室，位於地上的入口就在傳達室邊上，總是鎖著，還有一個看門老頭守在旁邊。聽說一個月開放一次，僅供廠內職工使用。

大臉貓找到了電閘，往上一推，走廊裡的小燈亮了，再打開各處開關，舞池裡的大燈也亮了。我們不敢去碰鐳射燈，怕驚動了上面的人。舞廳裡很暖和，很多人造革坐墊的椅子，很多熱水瓶，杯子，正對舞池的地方放著一個碩大的電視機，搞不清幾吋的，後面的ＤＪ台上有各類音控設備。

四十個人搬了四十把椅子，坐那兒抽菸。

排骨說，真他媽的想不明白，既然有這麼舒服的人造革坐墊椅子，為什麼那幫車間裡的工人還非要坐鐵椅子。

其實這個道理很清楚，人造革坐墊椅子是享受時候用的，鐵椅子是工作時候用的，享受的時候你不應該坐鐵椅子，工作的時候，你不應該坐人造革坐墊椅子。但是排骨這麼一說，我也有點糊塗了，你坐了一個月的鐵椅子，在車間裡吃灰，聽噪音，然後在某一個晚上鑽到地下室來坐人造革坐墊椅子，吃茶，聽音樂，跳舞。這樣的生活，你很滿足。

烏鴉們不能理解。

瘟生走到ＤＪ台那裡，搗鼓了一通，把書包裡的錄影帶塞進了錄影機裡，把電視機打開。一陣唏哩嘩啦，女人和女人出現在螢幕上。瘟生對楊痿說，你不是說越大越震撼嗎，給你們看個大的。

瘟生把音量調得極低，怕被上面的看門老頭聽見了。老頭對這種聲音都非常敏感的。這很麻煩，離近了我們只能看到畫面的局部，離遠了又什麼都聽不清。這是一堂非常特別的生理衛生課，我印象中這四十個男生從來沒有這麼安靜過。因為安靜，讓人誤以為是肅穆了。

看完之後，我們把電器都關了，讓舞廳恢復原樣，地上的菸頭是沒辦法處理了，只能讓它們留在那裡。從黑漆漆的通道裡出去，二鬼子一直在背後頂著我，那滋味非常難受，剛看過女人和女人的錄影，我就要體會男人和男人的感受。二鬼子說他也沒辦法，出不了火，他那玩意兒就會一直頂著，等會兒出去了插在雪地裡，看能不能軟下去一點。

爬梯子時，二鬼子被硌了一下，痛不可耐，摔在一群人的腦袋上。

那天剩下的時間，四十個人全都岔著腿走路，把手抄在褲兜裡，彎著腰，鬼鬼祟祟的，再也沒有人喊冷了。

太監把肚子給吃壞了。

每天中午十一點，太監就偷偷溜到食堂裡，拉開蒸飯的櫃子，在裡面找吃的。那個時間點上，飯菜都蒸得又香又爛，工人正餓著肚子在上班，食堂裡沒有人。

我們都不敢再偷吃東西，只有太監無所謂，他有饞嘴綜合症，他一個小時不吃東西就會難受。相反，他看見女人就沒有什麼反應，他只在乎吃的。

我們都不知道太監每天去偷吃東西。他不是只吃一個飯盒，而是把所有的飯盒茶缸都打開了，像狗熊那樣撒了歡的吃。這一天，他吃到了生平最難忘的一頓飯——有人在某一個飯盒裡摻了瀉藥。

太監抹著嘴坐在食堂裡，四十個烏鴉拚命吃東西，只有太監很滿足地微笑著，每一天都是如此。這一天他笑著笑著忽然發出了打嗝一樣的聲音，眼睛也不眨了，眼珠子凸出，繼而乾嘔。大飛在太監頭上打了一下，讓他不要發出這麼噁心的聲音。這一下把太監上下打通了，嘩啦啦的聲音從太監的屁股後面傳了出來，太監非常害怕地問，發生了什麼。

沒人理他，我們還在吃飯。太監試圖站起來，往廁所跑，但那瀉藥實在是太猛了，他一站起來，就像用皮老虎*打通了一個堵塞的下水道，這下我們都吃不下去了。太監猛回頭，望著我們，尖叫道，到底發生了什麼。

最冷的就是那天，冷到甚至沒有人願意去廁所，隨便找個地方將就了趕緊躲到房間裡去。我們把太監抬進廁所，不斷的有人在冰面上滑倒。太監繼續尖叫，我不要去廁所，我要去醫院。

這個建議是對的，因為太監脫水了。

天氣預報說，這是本市一百年來最冷的冬天，氣溫降到零下九度。我媽說，要是天氣預報說氣溫在零下十度，根據工廠裡的規定，我們就可以不用上班了。

所以它就一直是零下九度。

有一天我們看見廠裡的兩個工人，從地下舞廳的通風口鑽了出來，懷裡抱著錄影機和話筒，紅鬼說要去抓賊，瘟生覺得他多管閒事。紅鬼說，瘟生你他媽的真是個笨蛋，你的指紋都留在舞廳裡了，要是放他們走，肯定得把你抓起來。瘟生一下子想通了，跑過去一腳把其中一個工人踹進了深井裡，後來警車來了，抬走了一個血淋淋的人，順便把瘟生也給銬走了。

我們說起瘟生，就會感嘆，再也沒有免費的錄影可看了。這次是四十減二，瘟生享受著和豬大腸一樣的待遇。

在冬天，四十個男生都變得很溫和，甚至有點憂鬱。他們為什麼會憂鬱，說也說不清，假如這是夏天，他們一定會是另一種樣子。

已經沒有一個工廠幹部敢來支使我們了，我們砸壞了玻璃窗，撞爛了小推車，推倒了工棚，還差點殺了一個人。所有的人，包括我們自己，都在等待寒假來臨。

其實我們很憂鬱。

＊皮老虎，即馬桶疏通器。

寒假快來的那天早上，我們沒進廠，徑直來到廠門口的豆漿攤上，清晨的馬路上還是有很多上班的工人經過，動不動就有一輛自行車摔倒。四十個烏鴉安靜地喝豆漿，吃早點，像看一場無聊電影一樣看著別人跌倒爬起，最後一個到的人是賤男春，他騎著一輛罕見的山地車，把我們所有人的二八鳳凰都比下去了。賤男春說，這車他媽的八百塊一輛，拉風吧。他騎著車子，不停地在我們眼前打轉。四寶看了一會兒，放下豆漿碗，走過去，把賤男春拽了下來，說，這車歸我了。

兩個人在雪地裡打了起來。

後來我們所有人都撲了過去，按住賤男春，把他的腦袋埋在雪裡。賤男春大哭起來。旺財騎著山地車，小白菜騎著二八鳳凰，一直往南去。我們繼續喝豆漿，聽著賤男春在一邊哭叫或者罵娘。過了半個小時，旺財騎著二八鳳凰，帶著小白菜回來了。小白菜說，那山地車還真他媽的挺值錢的，賣了四百塊。可這四百塊怎麼花呢？

離廠不遠的地方有個鐵皮房子，那兒是個溫州髮屋，我們決定進去玩玩。我們對賤男春說，別他媽的哭啦，最多讓你洗一次小頭，我們洗大頭。

賤男春說，媽的，那車最起碼能賣五百塊，早知道要賣，我把車證一起給你們了。

所以說賤男春還是很可愛的，他雖然有點賤，但因為這份可愛，而不至於死在我們手裡。

用鐵皮搭起來的溫州髮屋，在荒涼的馬路上，這一帶也沒有居民，搞不清為什麼要在這裡做生意。我們推門進去，三個剛起床的姑娘嚇了一跳，她們頭髮蓬亂，臉上還沒化妝。

屋子裡該有的東西一應俱全，有一個電熱爐上正在熱著稀飯，刀疤五剛走進去就碰翻了姑娘們的早飯，姑娘們說，不要緊不要緊，沒關係的。我們說這可不行，餓著肚子沒法洗四十個頭，讓刀疤五給她們買油條去。

真的要洗四十個頭？

當然。我們說。

那我們燒水去。姑娘們讚嘆，一個燒水，還有兩個開始化妝。

屋子裡太小，最多只能容納十個人，剩下那些就只能在門外等著了。好在我們也凍慣了，想著馬上就要洗頭，心裡也就暖洋洋的。

這期間有一個中年男人騎車過來，想進去看看，我們攔住他，問他幹嘛的。中年男人很傲慢地說，我是來洗頭的。我們說，洗頭排隊，後面待著去。中年男人有點不服，把頭伸到屋子裡喊，小麗。被我們一把揪出來，滾。

他回到停自行車的位置發現車沒了，開始大叫，說有賊。我們說沒看見賊，也沒看見他是騎車來的。他想了想，大概覺得這是一場夢，搖搖頭走了。

那車是黃胖扛走了，這下賤男春又有一輛車啦，雖然是舊車，總比沒有的好。我們在外面抽菸，聽見昊逼在裡面大叫，姑娘也尖叫。花褲子跑出來，興奮地說，快去看，昊逼剃了一個莫西干頭。

不是姑娘們動的手，是我們自己。三個姑娘看著鏡子裡的昊逼，哈哈大笑起來。昊逼說，你們他媽的每個人都給我剃個這樣的頭，要不然老子點火燒了這棚子。我們說，你這樣很不好，人家洗頭的姑娘又沒惹你，剃就剃，誰怕誰。

輪到我坐在水槽邊，溫州姑娘很溫柔地將洗髮液倒在我的頭上，她的手指伸到我的頭髮裡，熱水順著我的頭髮往下流。她帶著濃重的南方口音，我閉上眼睛，幻想她是我喜歡的女孩，她的手，在幻想與現實中都伸到了我的頭髮裡，為我輕輕的揉搓，好像我的頭顱上有一道巨大的傷痕。

我和三角鐵、老土匪一起坐在了折疊椅上，三個姑娘同時開始擺弄我們的頭髮。後面站著一群莫西干頭的少年，我將和他們一樣，或永遠和他們一樣。

馱一個女孩去莫鎮

她真是美極了，我從來沒見過這麼美的飯館女招待，像一碗剛端上來的小餛飩那麼清純，像一束百合花那麼乾淨。她看上去和我們差不多大，十七歲，或者十八。後來過了很多年，每當我想到她的時候都會心如刀割。

我們一共八個人，那天一起蹺課，在大飛家裡叉麻將，開了兩桌，叉到夜裡七點鐘我們都饑腸轆轆。以前大飛的女朋友會給我們煮麵條，但那次她和大飛分手了，我們吃她的麵條吃膩了，覺得大飛也應該換換口味啦，於是就出來吃飯。當然，大飛還是很悲傷的，他是被踹的一方。

我們騎著自行車，去了街口的飯館，吃飯的人稀稀拉拉的，大堂裡一半燈開著，一半關著。我們偏要坐在暗處，讓服務員打開頭頂的燈，像舞台上的一束追光，照著我們八個。那天是花褲子贏得最多，當然由他點菜。花褲子手臂上戴著黑紗，他爺爺剛死，所以他能贏這麼多錢。我們迷信這個。

花褲子點了炒雞蛋、炒青菜、番茄湯，總之是一堆便宜的家常菜。點酒的時候我們產生了一點分歧，闊逼想喝啤酒，但黃毛認為冬天喝啤酒太傷身體，應該喝黃酒，而大飛心情一直很惡劣，他輸了女朋友又輸了錢，他想喝二鍋頭。於是我們爭執起來。女招待說：「你們可以照自己喜歡的，每樣先來一瓶。」

之前我們沒注意到她，燈光盡照著我們了。我說：「妳長得真漂亮。」闊逼放下手裡的菜單，站起來看了看她，認真地說：「妳像電影明星，而且是日本的。」

她往後退了半步，像一隻沒見過世面的兔子。

有兩種美，一種是你忍不住要貼上去，囉哩八嗦，神經錯亂；另一種是覺得自己無話可說，手腳都不聽使喚。前者像吵架，後者像打架。她一直站在飯桌旁，我們神魂顛倒，每一杯酒喝下去都能聽見自己心裡叮噹作響。以前我也遇到過美麗的女招待，為了讓她多跑幾次，啤酒都是一瓶一瓶叫的，但她們都沒有美到這種程度，我的筷子都掉在地上了。

只有大飛很不屑，大飛說你們都沒見過女人是不是。現在大飛的心裡被已經遠走高飛的前女友塞滿了，得過上一陣子才能為女招待騰出空間。大飛說：「花褲子，你今天手氣太騷包了，晚上再叉麻將你把黑紗拿下來。」花褲子說：「我書包裡還有一個黑紗，你不服氣就把它戴上。」

花褲子的爺爺死得很慘，他患上了一種叫做陰莖癌的病。我們都知道，癌症可以在全身任何一個器官發病，但長到陰莖上真是太可怕了。闊逼的媽媽是護士，闊逼說這主要是不講衛生造成的，應該常洗，翻開來洗。小癩說翻開來怎麼洗？闊逼說下次去農藥廠洗澡我給你翻翻。

我們就高談闊論著陰莖和癌症，那個女孩像沒聽見一樣。我們以前講這種話題的時候，總是能把技校裡最嚴肅的女孩逗樂。

花褲子說，他爺爺死的時候只有八十多斤重，臨死前很解脫地說，終於可以去見他奶奶了。

「生同衾，死同穴啊。」黃毛感嘆說，「你們知道嗎，那個字讀qin，不讀nian。」

「黃秀才，黃秀才。」

葬哪兒了？

還能有哪兒，莫鎮。就是那個有很多公墓的地方，非常遠，在修路，全家坐著一輛破中巴車顛簸了一個小時，差點趕不上中午落葬。

大飛說：「我提議為你爺爺乾一杯。」

酒沒了，女孩又端上來一瓶黃酒。後來她走開了，去收拾另一桌的碗盤筷盞。

飯館裡乒乒乓乓的動靜很大。不會就這麼打烊了吧？看樣子是。八點鐘就打烊的飯館真是沒前途，服務員都無精打彩的，好像也患上了癌症，只有她看上去光彩奪目，慢慢騰騰，像一個在施法的仙女。

我們開始談論她。

真的很漂亮，帶回去做女朋友一點不虧。

飯館裡的女招待哎，服務行業的。

去你的，你的女朋友也就是個硫酸廠倒三班的，臉色像棺材裡爬出來的，你有什麼資格看不起飯館服務員？

她們都是外地人。

飯島愛也是外地的。

她比飯島愛好看多了，比王祖賢差點兒。

泡她？歸誰？

我有小麗了，我要是去泡她，小麗會殺了我的。

我有小倩了，小倩也會殺了我的。

小倩會閹了你。

……

我們盤算了一下，八個人，四個有女朋友了，剩下四個之中，大飛剛失戀，完全沒有心思再搞一個除非你把王祖賢扔他眼前，花褲子的爺爺剛死，戴著黑臂章很不適合出去泡妞。那就只有我和老謎了。

大飛說你們倆抓鬮吧。

我們擲啤酒瓶蓋子，結果老謎贏了。我沒多說什麼，其實我一直暗戀著語文老師的女兒，雖然被女招待的美麗所震懾，但僅僅是此時此地，不能保證我明天還有這股熱情。她這麼美，看上去不是一天就能泡上手的。

我們七個人看著老謎，天哪，竟然是他。全班僅有的三個近視眼之一，還帶散光，上嘴唇留著經年不剃的黑色絨毛，好像是要用它來生利息，青春痘發炎，眼鏡永遠滑落在鼻翼上，團員，我們帶他蹺課打麻將僅僅是因為他的政治面貌可以替我們擋災。不過我們還是很仗義的，我們說老謎你去和她搭訕吧，要不要我們假裝流氓，然後被你揍趴下，演一齣英雄救美的老戲碼？

這行不通的，你不能在飯館裡直接把她泡走，你得等她下班。

老謎很猶豫，他上一次追求女孩是高年級的一個姑娘，長得不是很好看但只約會了一次就花光了他所有的錢，為此他有了心理障礙。你這輩子可以愛很多不同的女孩，好看的不好看的，聰明的不聰明的，有錢的沒有錢的，但你總要冒險一次，找最難上手的那種，哪怕是司令員的女兒呢？

老雖決定豁出去一次。只有大飛在冷笑，大飛一向是看不起老雖的，大飛認為這種傻瓜怎麼可能得手？

就當玩玩嘛，反正也就是個服務員。老雖安慰自己。

夜裡九點，外面很冷，我們本來是上館子吃飯然後就回去叉麻將的，現在卻要站在風口裡。為了老雖有點不值得，很不值得，也許純粹是想看看，她能不能泡上手吧？風吹得我們瑟瑟發抖，老雖掏出菸，打火機那微弱的火苗始終被風撲滅。後來大飛點上了，我們一個個湊過去借火。有兩個醉漢從旁邊的酒樓裡出來，一個彎腰嘔吐，另一個推過來一輛摩托車，頭盔也不戴，載著嘔吐的傢伙絕塵而去。

「等到畢業了，我就去買摩托車。」黃毛說。

「像你的女人那樣大手大腳花錢，你這輩子能保住自行車都不錯了。」闊逼嘲笑他，「你他媽的幹嘛偏要找個賓館裡上班的？我都懷疑她不止你一個男人，她的化妝品都是你買的，可是衣服呢？鞋子呢？首飾呢？」

黃毛說：「閉嘴。」

「你到底得手了沒有？不然你虧大了。」

「我不像你那樣喜歡聞硫酸廠的味道，好聞死了，天天聞著覺得特別有安全感。」

「操。」

闊逼生氣了，他是聽不得別人嘲笑那個硫酸廠的小麗的，那簡直就是他身上的死穴，同時也是我們的笑穴。他扔下菸頭說：「你們一群白癡在這裡候著吧，我先走了。」

大飛問：「麻將怎麼辦？」

闊逼說：「沒看見我在發飆嗎？叉你個頭。」他去暗處推出了自行車，很快就消失在了路燈照不到的地方。

這個笨蛋經常賭氣走掉，好像女人一樣。有他沒他，對我們來說都無所謂，過幾天他自己會買了香菸來賠罪。

女孩出來了。她穿著一件白色的滑雪衫，罩住膝蓋，還戴了一頂紅色的絨線帽。帽子真好看，像個紅蘿蔔，在她的額頭勾勒出一道弧線。

我們六個攔住她，老鼦縮在後面。黃毛說：「小姑娘，我們不是壞人，大家認識一下吧。我叫張軍，綽號叫黃毛。」大飛說：「我就是混這條街的大飛。」小癩說：「我叫賴寧，就是賴寧的賴寧，我綽號就不說了。」我說：「我叫路小路。」花褲子說：「哼。」

這次她沒有往後退，也沒有喊救命。她很認真地看著我們，低頭思索了一下，大概是盤算著怎麼跟我們說話。黃毛說：「沒事的，大家認識一下，妳在這裡上班，我們也在這附近玩。以後可以來找妳玩嗎？沒事的，我們都是化工技校的89級機械維修班的，有名有姓，妳可以去查的。」女孩說：「今天晚上不行，我要回家，我媽生病了。」

沒事的沒事的，我們可以送妳回家，一群人送妳太扎眼了，讓老謎來送吧，老謎你過來，你躲後面幹嘛？妳看，他戴眼鏡的，最老實了，而且是團支部書記。老謎你把衣服拉開給她看看團徽。

她好像很吃驚：「你真的要送我嗎？」

老謎說我送的。

她說：「那就太謝謝你們了。」

真太容易上手了，不過也別高興得太早，曾經有一次我們也這麼幹，結果那女孩把送她的小癩直接騙到了聯防隊。

「你住在哪兒？」

「莫鎮。」

我們一下子都暈了菜。天哪，莫鎮。那個遙遠的埋葬死人的小鎮，照花褲子的說法，還在修路，那種公路上不會有一盞路燈。天哪，假如我們是流氓那該多好，可是這麼冷的天就算流氓也未必願意去莫鎮做壞事……

「得有三十公里遠吧？」老謎猶豫地說。

「二十七公里。」花褲子說，又轉頭問女孩。「你是騎車呢還是坐汽車？」

「這麼晚，沒有汽車了，我只能騎自行車。我媽媽生病了。」女孩說，「我平時住在城裡的，但是今天我必須回莫鎮。」

我們撤到一邊安慰老謎。

你騎得稍微快一點，兩個小時就能到了。公路不算難走，修路的那段並不長，而且就在鎮口了。你看這是多麼難得的機會，如果你陪著一個女孩在寒冬的深夜騎了二十七公里的自行車，她就是你的了，至少這輩子都不會忘記你。你他媽的看看自己這副屌樣，除了你老媽之外，還有哪個女人會記得住你？這是你終生難得的機會，榮耀屬於化工技校也屬於共青團，闊逼要是沒走的話，他肯定會和你搶的。

老謎伸出脖子越過我們的肩膀對她說：「沒問題，我送妳！」

女孩說：「我的自行車被人偷了！」

車就停在店門口，現在不見了。她都快哭了。我正想說，大飛家裡還有一輛女式車，可以借給她，但老謎忽然像吃了藥似的說：「沒問題，我馱妳去莫鎮。」

這當然更好，如果你馱一個女孩在寒冬的深夜走了二十七公里，穿過無人的荒野，在兩側山丘上隱隱的墓碑，月光之下白花花的……這種體驗會不會像我在電視上看到的鐵人三項賽？不管你有沒有獲得獎盃，她將對你終生難忘。我甚至有點妒忌老瞇，二十七公里對我來說不是一個清晰的概念，我只知道她很美，如果可能的話，我願意馱她走二百七十公里甚至更遠，但誰讓我輸給那個啤酒瓶蓋子了呢？

現在他們打算出發了，老瞇的自行車太破了，我把我的阿米尼變速山地車借給了他。女孩坐在山地車後面，老瞇一隻腳撐在人行道上，一隻腳用力踩腳踏板。我說：「調到三檔啦笨蛋。」他們歪歪扭扭地向前，女孩攬住了老瞇的腰。真是溫柔無敵，我估計老瞇的骨頭都酥了。

「這個笨蛋能行嗎？」大飛說。

「這個笨蛋看來是交桃花運了。」黃毛說，「大飛，你會後悔的。你下個禮拜就會忘記前面的女人，那時候只能看著這個笨蛋高興。」

大飛說：「我現在已經有點後悔了，不過我並不想泡一個莫鎮的姑娘，一點也不想。」

是的，在我們那兒有一種說法，莫鎮的姑娘（也包括小夥子，也包括其他人）都不太乾淨，一個被墳地環繞的小鎮，人們只有死了才會去那裡。你能想像一個毛腳女婿上門，拎著香菸老酒穿過墓地拜訪丈人丈母娘？或者是結婚時，西裝革履穿過墓地去接新娘子？總之是有點驚悚。我們很迷信的。

「萬一老嗞死在路上呢？」我說。

花褲子說：「沒那麼慘的，路上有很多人家，還有派出所。他可以喊救命，掏出他的團徽。只要他能挺下來，泡上那姑娘的可能性很大的。其實莫鎮的姑娘也很不錯的，何況又長得那麼漂亮呢。」

事情總是這樣，你也說不清到底是虧了還是掙了。

兩桌麻將沒法打了，只剩六個人。花褲子說他要回家，我也打算走，於是在飯館門口告別。我心裡有點鬱悶，我和老嗞是一個方向，騎著他的破自行車很快就能趕上他，但我不打算趕上他。我說了我有點妒忌，我不想看著她攬住老嗞的腰，而他們騎的還是我的自行車。人都走光之後，我在飯館門口又抽了根菸，感覺他們都走遠了，這才騎車回家。

我家在城外，我是在城外的橋上看見老嗞騎著山地車逆向而來。我說：「你怎麼回事？姑娘呢？」老嗞嘆了口氣說：「我後來想想，莫鎮的女人太不吉利了。」我說：「不吉利你也得送她回家啊。」老嗞說：「不吉利我就不打算泡她了，我沒覺得她有多好看。都是被你們這幫畜生抬上去的，你們他媽的就想看我出洋相。」

就算再笨的人，被捉弄得久了也會聰明起來，看來老媿是變聰明了。不過你仍然是個笨蛋。

我問：「人呢？」

老媿說：「在橋堍下面，我讓她自己找輛計程車，她同意了。」

你這個畜生。我說。這三更半夜的哪個計程車肯去莫鎮？

我把他從山地車上揪下來，我騎著自己的車子在橋堍下面的電線桿旁邊找到了她。她捂著雙頰，嘴裡呵出白氣，站在原地跳啊跳的，好像並沒有遭受到難堪和羞辱。我快速地騎到她面前，捏閘，山地車發出嘎的一聲脆響，這很酷。我說：「再介紹一下，我叫路小路，剛才那個傻瓜你可以忘記他了。我馱你去莫鎮。」

她說：「謝謝你。」

我把脖子上的圍巾摘下來，給她戴上。我知道接下來我會很熱而她會很冷。我說：「但妳要答應我一個條件，到莫鎮之後，妳得讓我睡在妳家裡。我可不想半夜三點鐘再從莫鎮一個人騎回城裡，不是那種戇卵。」

她高興地說：「沒問題，我家裡很大很大，有一幢小樓房！」

那麼，讓我們出發吧。

一九九〇年的聖誕夜

悶悶當時是紡織中專的學生，紡織中專我們都知道，那兒百分之八十是女孩子，同一個校區裡還有紡織職校，那就是百分之百的女孩子了。這和我們化工技校恰恰相反，我們全是男的。有一句話叫做「男怕做化工，女怕做紡工」，所以我們和紡織中專同病相憐著，儘管她們並不太愛我們。

悶悶是大飛的朋友，他們是怎麼認識的？好像是跳舞。大飛是舞男。但如果說悶悶是舞女，她會殺了我，她只是喜歡跳舞。她一直很憂傷，畢業以後就要去紡織廠，以她的社會關係很難立足於科室，她將會在無數轟鳴的機器中間倒三班，然後變成一個大嗓門。幸運的是，悶悶本來就是個大嗓門。耶誕節之前的某一天，她站在化工技校門口喊一嗓子：大飛，你給我滾出來！本校六個班級所有綽號叫大飛的都跑了出來，一共八個。他們對了一下，發現悶悶喊的是我們班的大飛，於是一個大飛留下，另外那七個大飛乖乖地回去了。

悶悶說：「你們學校怎麼會有這麼多大飛？」

大飛說：「我也不知道，我最先叫大飛的。他媽的，名字裡有飛的男人真是太多了。」

悶悶說：「我們學校就沒有叫飛的男人。」

大飛說：「妳們學校連老鼠都是母的。」

悶悶說：「你是個騙子，我是因為你叫大飛才喜歡上你的，搞了半天有那麼多男人叫大飛。」

大飛說：「妳對男人太不瞭解了。」

悶悶說：「我有點不喜歡你了。」

這讓大飛感到很惶恐。因為悶悶，她長得很美，有一雙大眼睛和隨時隨地都會嘟起來的嘟嘟嘴。在那一年裡，她是唯一願意和大飛發生一點關係的女孩子——應該說，適齡的女孩子。大飛站在校門口左顧右盼，一會兒摸摸口袋，一會兒抓抓腦袋，然後他告訴悶悶：「妳等我一會兒，我去拿錢，請妳喝熱巧克力。」正好我從外面回來，大飛揪住我說：「你上次欠我的五塊錢還給我。」我和大飛之間沒有任何經濟上的瓜葛，叉麻將我也從來沒輸給過他，覺得莫名其妙，但是看見悶悶我就明白了。我從褲兜裡掏出了僅有的一張十塊，大飛這個混蛋全部拿走了。這樣，我也要求喝一杯熱巧克力，大飛就帶著我一起去了。

我們三個，摸著滾燙的塑膠杯子，坐在熱飲店裡說話。我們帶很多女孩子來這裡喝飲料，夏天是冰果汁，冬天是熱巧克力，所有的飲料都是甜甜的，味道不錯，價錢也很公道。但要是你天天喝，或者你打算帶一群女孩子來喝，就會破產。

悶悶說事情是這樣的，明天就是耶誕節了。我糾正說明天是聖誕夜，大飛哈哈大笑起來，悶悶是個經常會記錯日子的女孩。悶悶瞪了我一眼繼續說，她們紡織中專搞了一場舞會，悶悶是她們年級跳舞最好的女生，她會跳快三慢四吉魯巴，是著名的跳舞皇后，簡稱舞后，但是她找不到男性的舞伴。紡織中專僅有的幾個男生都已經被學生會的女幹部瓜分掉了，而悶悶這種註定要去車間裡倒三班的，她只能到外校來找個舞伴。大飛是在這一年裡她唯一能找到的、會跳舞的適齡男性。

關於跳舞界的事情我很不熟悉，我迷戀於電子遊戲和麻將牌，如果有個女孩肯陪我跳舞，我一定會認真學習所有的舞蹈，可惜沒有。

大飛謙虛了一下，他在這種時候常常會跳線，他說化工中專的李曉跳舞也不錯的，可以去找李曉。悶悶說李曉太老氣了，才十八歲就鬍子拉碴，而且有抬頭紋，被紡織中專的老師看見了肯定以為她找了個社會青年進來，其結果就是被趕出去。

我說：「大飛，你不要自卑嘛，你很玩得轉的。老女人你都玩的。」大飛在桌子底下踢了我一腳。悶悶生氣地說：「大飛，你到底想不想來？」大飛說：「來的，來的。」悶悶說：「那你提什麼李曉啊？你這個蠢貨。」我插嘴說：「李曉跟財經中專的女生談戀愛了，他才不會去紡織中專過耶誕節。」悶悶就仇恨地看了我一眼。這是我的失策，本來悶悶也想把我拉去的，雖然我不大會跳舞但我會唱唱卡拉OK。我一句話就把悶悶得罪了，她不提這件事，我只能在家裡和我爸爸一起過聖誕夜了。

悶悶臨走前拍拍大飛的肩膀，說：「明天晚上六點半，你要是不來我就殺了你。」又指著我說：「路小路，你他媽的就去財經中專過聖誕吧。」又指著熱巧克力對服務員說：「難喝死了，巧克力還是中藥啊？」然後她就跳上自行車消失了。

我和大飛繼續喝著熱巧克力，被悶悶一說，我也覺得這家店裡的熱巧克力像中藥一樣難喝。以前我太麻木了，我需要有一個女孩來提醒我，什麼東西好喝，什麼東西難喝。我對大飛說：「你應該帶悶悶去吃冰淇淋。」大飛說悶悶脾氣不太好，她主要的問題是例假不正常，冬天吃冰淇淋會讓她更不正常，他可不想冒這個險。我說：「她連這個都告訴你啊。可是你為什麼要喜歡一個例假不正常的女孩呢？」大飛喝乾了熱巧克力，舔了舔嘴巴問我：「你他媽的在喜歡上一個姑娘的瞬間，難道會衝上去先問她，例假是不是正常？」

我覺得很無聊，是的，我即將度過一個無聊的耶誕節。去年聖誕，化工技校也組織過活動，卡拉OK什麼的，我才唱了半首歌就被人踹了下來，後來為了搶那兩個麥克風，一群人在學校裡打架，積怨之深令人髮指，直到今年聖誕他們還在斷斷續續地打著。學校再也不會組織任何集體活動了。

大飛的情況是這樣的，他從生下來就會跳舞，活了多久，他就跳了多久。他本來應該去文工團之類的地方，但是很可惜，他成長為一個手短腳短的矮壯少年，看上去更像是個鉗工——上帝讓他天天過聖誕，卻沒有給過他一份禮物。目前大飛混跡於春光舞廳，男人多的時候他做保安，女人多的時候他做舞男，跳一種非常輕薄的交誼舞。每個月，他都能從舞廳裡掙到一百塊錢，其中六十塊交給他那個愛賭博的老娘，做伙食費，剩下四十塊他自己零花。放寒暑假的時候他工作量加倍，因為要交學雜費。

我和大飛是世界上最知心的酒肉朋友，那時候我也曾經想去舞廳裡掙錢，但是大飛不樂意帶我去。他說我只想掙錢，但並不愛跳舞，所以我會厭倦。是的，我只想掙錢，如果我能掙到一百塊，再加上每個月從我爸爸那兒騙一百塊，我就有兩百塊了，可以成為化工技校的大款，可以請財經中專的女孩出去玩，但是與此同時我又得把自己交給春光舞廳，成為一個下流的舞男或者保安。上帝會給我聖誕禮物，卻沒有耶誕節，事情真是太矛盾了。

我當然不可能去財經中專，那兒的女孩子畢業出來百分之百是做會計的，比我高了好幾個檔次。這還不如去重點中學泡妞呢，因為重點中學的女孩子有時候會落榜，成為高中畢業生，如果找不到工作那就比我還不如了。

第二天我在學校上完課，天氣很糟糕，起初陰沉著，後來下起了冰雨。大飛早早地消失了，我一個人往家裡趕，街道沒什麼不同的，完全不像國慶日或者春節那樣有各種彩帶和燈籠，有歡度什麼什麼的標語。一個灰濛濛冷冰冰的聖誕夜。人們為何會喜歡在這麼糟糕的天氣裡過這麼多重要的節日？聖誕、元旦、春節，還有剛剛為人們所知的情人節。

我順路去服裝店裡轉了一圈，看了看最新款的衣服。有一件牛仔衫真是太適合我了，它是水磨的，帶一個白色的翻毛領子，背後繡著一個紋章。我摸了摸它，老阿姨營業員慫恿我試一下，我同意了，真的很拉風。營業員說這件衣服四百塊，我脫下來想溜，並罵了她一句，這下捅了馬蜂窩，她不放我走，又來了兩個男的把我的書包扣下了。我坐在店門口和他們談了半天的價錢，從四百塊談到了一百八十塊，但是我罵了營業員一句，為這髒話我必須付出二十塊的代價，於是兩百塊成交，我回家去拿錢，他們坐在店裡等到打烊時，我要是還不來就把書包扔到河裡去。

等我拿到牛仔衫和書包的時候覺得很悲傷，我好像是被人敲詐了。就算我再喜歡它，也不願意在一種挨了揍的情況下買下它。兩百塊是我從家裡偷出來的，雖然我媽不會為此責備我，但我不想為了這種破事去偷她的錢。冰雨一直在下，我在騎著自行車在街上遛，雨披上的冰碴越積越多。後來我在春光舞廳門口遇見了大飛。

他穿著一件很單的毛衣，袖口都破了，手裡捏著一包沒拆封的紅塔山。我捋下雨披上的帽子，問他：「你沒去紡織中專嗎？」

大飛很沮喪地告訴我：「我脫不了身了，今天晚上春光舞廳也在開聖誕舞會，我本來想搞到六點鐘就去找悶悶的，現在老闆不讓我走。」

我說：「你一走了之不就可以了嗎？」

大飛說：「我要是走了，以後就沒工作了，我他媽的只有這一份工作養家餬口。」

我說：「悶悶怎麼辦？她會殺了你的。」

大飛說：「你替我先去頂一會兒？」

我說：「你們老闆根本不認識我，我怎麼替你去頂槓？」

大飛說：「我沒讓你替我頂這邊，我讓你去陪悶悶，你最起碼會跳慢四，我教過你的。你只要陪她過了這一關，到八點鐘的時候我要是能出來，就過來換你。以後她殺不殺我，都是我自己的事情了。」他把手裡的菸拆了，抽出一根塞進自己嘴裡，剩下的全都給了我。

我同情地看了他一眼，可憐的大飛，他是如此負責，他這輩子都不會有一秒鐘是想做甩手掌櫃的。我離開的時候他一直站在冰雨裡抽菸，瑟瑟發抖，左顧右盼，後來春光舞廳的老闆出來拍了他一頭皮，他就叼著香菸回去了。

大飛曾經告訴過我，悶悶是個很可憐的女孩子，雖然她看起來那麼潑辣，那麼能搞，但在學校裡她一直受到排擠。去年她因為罵老師挨了個處分，今年她又被幾個外校的女生在紡織中專的操場上揍了一頓，丟盡了臉。她只想快點離開那個學校，然後到紡織廠去倒三班。那一年我聽到的就是這種破事，所有人都想離開所有的地方，不管下一站是什麼。

我呢，餓著肚子，穿過四條街，來到了紡織中專。天已經全黑了，我停好了自行車，把雨披上的冰碴抖掉，塞進書包裡，這樣我就不用拎著一堆亂七八糟的東西去找悶悶。後來我把牛仔衫也穿在身上，把棉衣脫下來挎在書包帶子上。我走進教學樓，裡面熱鬧極了，燈全都亮著，四處掛著彩帶，比較可惜的是沒有聖誕樹。那是一九九一年，哪兒都找不到聖誕樹。

一樓的某間教室裡傳來卡拉ＯＫ的聲音，我跑進去問：「悶悶呢？」裡面有很多女孩子，但沒人搭理我。我又大聲問了一次，有個女孩用麥克風回答我：「悶悶在樓上跳舞，四樓。」我正想走，那個女孩又用麥克風對我說：

「路小路跟我唱個歌吧。」

我不認識她，不知道自己怎麼會在她的記憶中留下了大名，但她長得很漂亮，是那種姐姐型的姑娘，每當她們出現，我就像被棍子打了頭。我甚至都來不及問她的名字，就拿著麥克風和她一起唱起了〈是否〉，是否這次你將真的離開我，我唱得動情極了，好像我真的要離開她。我他媽的確實真的就要離開她，去樓上找悶悶，但我唱得太投入。唱完了，她很高興，讓我坐下來一起吃點零食。我餓了，差不多吃了她半袋零食，又喝了她的水，我說：「妳是怎麼認識我的？」

「去年我在化工技校看你們過聖誕，我看見你唱歌的，你唱得很好。」

「後來打起來了。」我說。

「是啊，打起來了。」她說。

「我們學校就是個打架學校。」我說。

「是啊，打架學校。」她說，「我們學校只是偶爾打架，女生和女生打。」

「那一定很好看。」我說。

「是啊，很好看。」她說。

我們又唱了兩首歌。我說過，我很能唱卡拉ＯＫ，我的業餘愛好就是在家裡扒著一台答錄機，學唱各種各樣的流行歌曲。我每個星期聽金曲排行榜，學所有的歌，然後等待著為數不多的機會唱一次卡拉ＯＫ。我覺得時間並不太久，在這些並不太久的時間裡我好像什麼都沒做，又好像什麼都沒說。屋子裡全是女孩，她們輪番唱歌，她們獨唱，她們對唱，她們合唱。耶誕節的氣氛漸漸來了，我甚至壯著膽子在屋裡抽了根菸，也沒人管我。我問那個姐姐：「妳叫什麼名字？」

她快快地說：「我叫司馬玲。」

這個名字太具有殺傷力了，我立刻想了起來，她是化工技校高年級一個學霸的馬子，他為了她不止一次把人腦袋打開了。鬼知道她為什麼會獨自坐在這裡，和我一起唱著歌過聖誕。

我問她：「現在幾點了？」

「快八點。」

我扔下她就往樓上跑，並回頭大喊：「別告訴妳凱子，我會死得很慘噠！」我像發瘋的袋鼠一樣直竄上樓，在曼妙的華爾滋的音樂中跑進那個跳舞的教室，裡面舞影翩躚，黑板上用粉筆畫著一棵巨大的聖誕樹，貼著亮晶晶的玻璃紙。我在那棵粉筆樹下看到了悶悶。

她顯然是哭過了，臉腫了一圈，淚水風乾，雙眼迷離，正百無聊賴地坐在那裡玩弄著一個小掛件。她穿得很好看，粉紅色的羽絨服，鋥亮的漆皮皮鞋，還有一個帶絨毛的頭飾。這是她精心準備的一個夜晚，顯然很失望，大飛並沒有來。

她看到我出現在門口時立刻迎了出來，低聲問我：「大飛呢？」

「他來不了啦，也許過一會兒來。」我說。

「操他媽的大飛。」悶悶說，「我的臉都丟光了。」

「是這樣的——他這會兒還在春光舞廳，要是他出來了，可能會丟工作。妳知道他情況很不樂觀，他就靠這份工作維持著。」

「不用解釋了。」悶悶說。

「他讓我來頂槓。」我說，「我也會跳慢四的。」

「你來有屁用，」悶悶壓低了聲音惡狠狠地說，「我已經放出話去了，人人都知道我今天的舞搭子是大飛，而不是你。」

我說：「隨便妳，妳要是不樂意，我就回家了。我明天說不定就會被人砍死呢。」

悶悶打量了我一下，其實我比大飛帥多了，我以前顯得很衰是因為我沒有穿上牛仔衫，僅此而已。在我被人砍死之前，我的氣質是很不一樣的。悶悶忽然說：「管他呢，反正也沒幾個人認識大飛，反正世界上有那麼多大飛。」她揪住我的牛仔衫衣領，把我拉進教室。華爾滋的音樂停了，很多女孩還有她們的男性舞伴都轉過頭來看著我。悶悶的嗓門幾乎把我的耳朵都震聾了：

「大飛，你下次要是再敢遲到，我就殺了你。」

妳是魔女

那年頭女孩子也都在頭髮上下工夫，燙成大波浪，小卷卷，梳個馬尾巴，剪個游泳頭，諸如此類，但是沒有人染髮，染髮是後來的事情。等到染髮流行的時候她們大概都已經長大了。

可是就有一個女孩，她天生長著一綹白頭髮，後來所謂的挑染。那會兒我們才不知道什麼是挑染。她是第八中學的學生，第八中學就在我們化工技校不遠處，每天早上她和我們一起彙集在自行車流中，你能看到她的白頭髮從右側鬢角上方一直垂掛到肩頭，很奇特。為了能夠看到她的臉，我們會提前坐在街邊的早點攤上喝豆漿，然後等著她來。

她美麗而沉默。我們當時喜歡辣女孩，我們看了太多的香港錄影片，胡慧中、李賽鳳、大島由加利，總之就是《霸王花》那個套路的，被她們揍是件多開心的事，你恨不得身上吊著鋼絲與地面平行地飛出去。經常和我們玩在一起的鬧鬧也是個辣女，她心情好的時候允許我們摸她的屁股，心情不好就踢我們的屁股，這很方便於溝通。我們看見那個白頭髮的女孩就會失去一切辦法，因為她壓根就不理我們。

豆漿有兩種，鹹的和甜的，甜的只需要放糖，鹹的需要放上麻油、醬油、紫菜、開陽、榨菜末和油條末，幾乎是大餐。飛機頭說，壞女孩就像鹹豆漿，好女孩就像甜豆漿，口味不同，但她們都是豆漿。飛機頭問：「那麼淡的豆漿呢？」

「那是你媽。」花褲子說。

喝豆漿的時候經常談起這種鬼話，它們讓早晨變得愉快，讓枯燥無味的技校時光變得有點潤滑了。接下來的一天我們會談談姑娘，談談錢，談談義甲聯賽的荷蘭三劍客。

是飛機頭首先發現了她，可是大臉貓否定了他的說法，大臉貓說他先看見的。飛機頭是我們這夥的，屬於人間正義力量的一部分，大臉貓那夥則是反派。我們經常像變形金剛一樣打來打去，打得和平世界稀巴爛。根據飛機頭的說法，有一天他坐在豆漿攤上，那女孩翩翩地過來，停了自行車，要了一碗甜豆漿。飛機頭的嘴裡塞滿了鹹豆漿的各色配料，他對著女孩擠眉弄眼，她根本沒搭理他，喝完豆漿跳上自行車就走了。飛機頭很純情的，想跟著她走，但是碗裡的鹹豆漿不是那麼容易喝完的。在她離開的一剎那，飛機頭發現她腦袋邊上的白髮一閃，世界就此照亮。

大臉貓的說法和這個差不多，有一天他去豆漿攤，剛走進去就看見她撂下一個空碗，背起書包去推自行車。大臉貓說自己被她震住了，由於人太多，在擦身而過的一瞬間她的白頭髮幾乎掠過大臉貓的下巴。看到她翩翩地離去，大臉貓推了自行車想跟上去，發現輪胎癟了。大臉貓強調，這件事發生在飛機頭之前，他比飛機頭更早地遇見那個女孩。

不管哪種說法是真的，他們都沒追上她，也沒能和她搭上話。

現在她從我們眼前經過了，現在我們都坐在豆漿攤上但是我們像要飯的，十幾個人圍著兩碗鹹豆漿。老闆都快哭了。她騎著自行車在密集的人群裡一閃而過，那是一個女高中生急著要去上早自修的身影，相比之下，我們這夥技校生顯得放浪形骸、無所事事，我們既不需要考大學也不需要找工作，畢業以後直接送進化工廠——因為這麼容易，所以這所狗屁學校別說早自修，連早操都沒有，國旗都不升，實在是自甘墮落。

大飛說：「追。」

我們一起跳上自行車，像夜幕下的蝙蝠呼啦一下湧上馬路。這是一條混合道，兩邊全是店鋪，七十年代的時候它顯得很寬敞，到了九十年代初就有點扛不住氣勢洶洶的人群了，上下班的時候幾乎就是一場大派對，自行車占據著所有的空間，包括人行道在內，到處都是車鈴聲，到處都是車轂轆在滾動。沒有一輛汽車敢在這個時候開過這條街，除了公共汽車和大糞車。

我們一下子湧上馬路，馬路堵住了，有人大聲抱怨。那些人必須在一大清早趕到單位裡坐在那兒看報紙喝茶，否則就會扣掉獎金，那些人根本不在我們眼裡。我們追著一綹白髮，像吃多了鱉精的傻瓜一樣瘋狂地穿過他們，然後聽見後面的花褲子發出一聲慘叫。

花褲子最討厭追女孩，他僅僅是為了趕上我們，不料撞了一個五大三粗的中年人，那個人摔進了馬路邊晾曬的一排馬桶之中，然後他跳起來揪住了花褲子給了他一個耳光。於是我們停下車子，回過頭去揍他。趁著這個亂勁，女孩消失了。

我們這個圈子裡最受追捧的女孩叫鬧鬧，她頭髮烏黑，明豔動人，芳香四溢，每次看到她我都會想起一串葡萄，夏天從別人家院子裡生長出來，越過院牆掛在一群野孩子面前，誰能擋得住這種誘惑呢？

她沒有和我們之中的任何一個談戀愛，她是眾多馬路少女中最慈悲的一個，有一天她在電影院門口獨自玩遊戲機，我們上去搭訕，她就跟我們好在一起了。她比我們更放浪形骸，我們還得勉強應付著念個技校，她根本就輟學了，天天在外面玩。她就是飛機頭所謂的鹹豆漿。

鬧鬧說：「什麼白頭髮啊？白頭髮你們都喜歡？」

飛機頭說：「白得很不一樣，就那麼一綹，比白髮魔女還好看。」

大臉貓說：「我先看見的。」

鬧鬧說：「你們倆別爭了。誰能把她追到手，誰就是正主。」

飛機頭說：「我車技好，我肯定先追到她。」

鬧鬧說：「你是不是吃錯藥了，聽不懂我說話？我說的『追』是追求的意思，不是騎著車子追。當然，也沒錯，你他媽的首先要騎著車子追上她。」

昊逼激動地說：「我如果追上了也算一份吧？」

鬧鬧看了看少白頭的昊逼，每當他騎車的時候那一頭凌亂的花白頭髮就會飄揚起來，令人毛骨悚然。鬧鬧說：「我覺得你追不上她，你別以為自己是個少白頭，就得找個少白頭的姑娘來和你配對。這挺沒意思的。」

昊逼訕訕地說他其實喜歡金髮女郎。

等他們都走了以後，鬧鬧讓我送她回家。我對鬧鬧說：「他們根本追不上那姑娘的，八中是個好學校，好學校的姑娘不會和我們化工技校的發生關係。」

鬧鬧說：「你剛才說什麼？發生關係？」

我說：「妳別亂想，我說的發生關係就像我和妳現在這樣。就算這麼一點關係，他們也發生不了。他們什麼都玩不成的，只會把事情搞砸。」

鬧鬧說：「你們這群人裡，就數你和花褲子最高傲。」

我點點頭表示認可。有那麼一陣子，這個完全沒讀過什麼書、嘴兇手狠的姑娘就是我的紅顏知己，她會使用「高傲」、「溫柔」、「憂鬱」、「內向」這種很書面的辭彙，高傲的是我和花褲子，溫柔的是飛機頭，憂鬱的是大飛，內向的是大臉貓。當然還有純粹傻瓜的昊逼和豬大腸等人。

鬧鬧說：「真奇怪，為什麼你們會喜歡一個白頭髮的姑娘，真的很別致嗎？」

我說我不知道，其實我根本沒看到她的模樣，接下來的日子我打算追上去看看，到底有多好看。鬧鬧有點失落，不過她很快又高興起來，說：「告訴你一個秘密，我現在有男朋友了，他是一個開桌球房的老闆。以後我可能就不和你們一起玩了，你們就盡情地去追白頭髮吧。」

這下是我感到失落了。其實我喜歡鬧鬧，如果她願意和我談戀愛，我可以忘記白頭髮的姑娘，可惜鬧鬧另有所愛了。有那麼一陣子，我甚至以為自己會為了鬧鬧而堅貞一輩子。

然後，追逐開始了。

第一個追她的人既不是大臉貓也不是飛機頭，而是小癩。那天他運氣好，還沒來到豆漿攤，就看見白髮女孩颼地從他身邊超車而過。小癩覺得很詫異，他狂踩腳踏板試圖跟上她，可是他很瘦小，他是我們班唯一騎女式自行車的人，他那車子在我們之中就像一群戰馬裡面夾了頭驢子。經過豆漿攤的時候，他對著花褲子招呼了一聲：「她就在前面！」

花褲子皺著眉頭問：「誰啊？」

「白頭髮的。」

「傻逼。」花褲子繼續喝豆漿。

「我得看清點，我還沒看到她的白頭髮呢。」小癩說完又追了上去。

結果他在有序而密集的車流中變成了一根攪屎棍，先是蹭了一個人的車龍頭，接著失去了平衡，一頭撞到棵樹上。花褲子遠遠地看著他摔了，就搖頭對老闆說：「他的綽號叫小癩，是我們化工技校最沒出息的一個。」老闆說：「他為什麼要看白頭髮？」花褲子說：「他們全都瘋了。」

小癩帶著臉上的瘀青到學校，我們都笑翻了。那幾天學校裡在開展精神文明學榜樣活動，首先是不許抽菸，其次是讓我們把衣服都歸置歸置，穿牛仔褲的請脫剩短褲繞著教學樓跑步，再次是對髮型和鬍子的深入調查——那年我們都十七、八歲，上嘴唇基本上都長出了絨毛，這很不雅，老師要求我們把絨毛刮掉，這樣就變成鬍子了，就可以按照鬍子的管理辦法來統一思想，很簡單，誰他媽的都不許留鬍子。我最倒楣，用了我爸爸的剃鬚刀片把自己嘴巴周圍弄得全是血槓，我爸爸那剃鬚刀比菜刀還可怕。我們被這些規矩搞得頭昏腦脹的，然後看到小癩就想起那個白頭髮的女孩了。

第二天早晨，我們全都暴露出乾淨、俊朗、像冷凍櫃檯的雞屁股一樣的下巴，坐在豆漿攤上看女人。

她再次出現，這次我們沒猶豫，扔下手裡的碗，全都撲了上去。我追在第一個，我他媽穿梭在一片自行車的巨流中，覺得她離我越來越遠。這太詭異了，我騎的是二八鳳凰，可以在公路上和卡車比速度，但我竟然追不上一個念高中的女生。所有的行人都在擋我的路，所有的人都像是技校裡的老師一樣跟我過不去，我使出渾身解數，忽然看見大臉貓的車子超過了我。

我大叫：「大臉貓，加油！」

大臉貓說：「去你的傻逼，你只配像條狗一樣送鬧鬧回家。」

我很生氣，我試圖追上大臉貓，照著他的自行車上踹一腳，但是大臉貓風馳電掣地越竄越遠，後面大飛氣喘吁吁地跟上來，對我說：「你有沒有發現，大臉貓換了一輛新車？」

這時我才注意到，是的，嶄新的二八鳳凰。我希望這個傻瓜不是為了白頭髮的女孩而換車，這太奢侈了，這簡直比楊過還癡情，這份癡情會讓我有點妒忌。但是我操，他竟然嘲笑我和鬧鬧，雖然鬧鬧在我心目中的地位已經不是很高但也輪不到大臉貓來嘲笑我。我不理大飛，繼續追他，在十米以外的弄堂裡忽然氣勢洶洶地開出一輛大糞車。它是來工作的，它才不管誰上班下班，它在清涼的早晨吸光了公共廁所裡的大糞就會像個醉鬼一樣橫衝直撞滴滴答答地去向另一個廁所。我們像見到了妖怪，同時捏閘，我他媽的差點從車龍頭上翻出去，然後看見前面的大臉貓連慘叫都來不及就一頭撞到了糞車上。

之後的日子，春雨中的道路變得異常濕滑，人們都穿著雨披，看不清他們的臉。早晨喝豆漿的時候我們會感嘆，神經兮兮的大臉貓，他在糞車上撞斷了一根鎖骨，住到醫院去了。沒有了他，氣氛顯得和諧，下雨天也使我們比較平靜。

我們有點想念鬧鬧，都知道她談戀愛了。飛機頭說，那個桌球房的老闆看上去挺有錢的，其實是個鄉巴佬，他根本不知道什麼是情趣，他甚至連桌球都不會打。他媽的一個開桌球房的竟然不會打桌球。

花褲子對飛機頭說：「其實鬧鬧最喜歡的是你。」

飛機頭說這不可能。花褲子說：「鬧鬧親自跟我說的。可是你去追白髮魔女了。」自從大臉貓摔斷鎖骨以後，她就有了這個綽號。

飛機頭雖然很純情但他想不明白這種事情，他智商不是很高。為什麼鬧鬧最喜歡的偏偏是他，為什麼這件事不是由鬧鬧說出來，而是花褲子這個掃興的傢伙？我們也跟著一起糊塗了。花褲子不屑地說：「你們是不會明白的，世界上只有一個鬧鬧，但是你們這群白癡在馬路上追來追去的女孩，不管是白頭髮還是黑頭髮的，都有成千上萬個。懂不懂這個道理？」

這下飛機頭沉默了。大飛一拍桌子說：「花褲子你知道個屁，其實鬧鬧在外面有很多男人的。她跟我們只是鬧著玩的。」

我們都沉默了。這時有人停了車子，走到豆漿攤的雨棚下面，那人擼下了雨披上的帽子，露出一頭濕漉漉的頭髮。魔女再次出現。我們目瞪口呆地看著她甩了甩頭髮，鬢角的一綹白髮像彎刀一樣閃過。她對老闆說：「甜豆漿。」

現在我們不再談論鬧鬧。魔女就坐在我們旁邊的桌子上，很慢地喝著豆漿，有一點白色的蒸汽從碗裡飄起來迷住了她的眼睛，她微微抬起頭，但是並沒有看我們一眼。這樣子太像一個身懷絕技的武林高手了。飛機頭發了一會兒呆忽然站了起來，又坐了下去，忐忑不安好像他的心跳已經影響到了屁股。剩下的我們都是被點了穴的蟊賊。她真的很美，很不一樣，與她相比鬧鬧顯得粗俗而輕薄。我給自己點了根菸，重新開始思索自己是不是應該去喜歡一個比較清純又比較嚴肅的姑娘，這對我來說已經是一碗夾生飯了。她旁若無人，在我們的注視下喝完了自己那份豆漿，然後站起來付錢，然後走出推車，然後忽然轉過頭來對我們說：

「別再跟著我了，我爸爸是公安局的。」

那樣子真是嚴肅極了。一直等她消失了，花褲子才緩緩地說：「你們是不是很自卑？」

在我們十七、八歲的時候曾經追逐過很多女孩，她們無一例外地感到慌張，感到自己就要掉入一群狼的包圍中。事實上我們也是這麼幹的，我們喜歡騎著自行車在大街上耍流氓，前後左右包夾住女孩，有一次真的把人給嚇哭了，還有一次我們遇到了見義勇為的群眾，圍了上百號人抓住了我們之中最倒楣的某一個，綁在電線桿上直到員警出現。這件事並沒有想像中那麼好玩，玩久了你會覺得厭煩，你看見她們那種厭煩的眼神會覺得自己像那輛大糞車，每一個早晨，在空氣很好的時候，它都會例行公事地竄出來，看上去永遠不會自卑，也不會慚愧。

有一天我獨自去找鬧鬧，在桌球房汙濁的燈光下，她燙了一個很誇張的波浪頭髮，看起來大了不止五歲，人們吐出來的煙氣似乎全都在她的頭頂繚繞。我說：「這髮型顯老。」

鬧鬧無所謂地說：「白頭髮的姑娘追到了嗎？」

我說：「沒有，我們這次遇到魔女啦。花褲子挨了耳光。大臉貓追她，撞上大糞車骨頭斷了住醫院。小癩撞到了樹上。還有老土匪也追過她一次，結果不小心追進了八中，被人家當流氓扭送派出所了。都沒有好下場。」

鬧鬧大笑起來。

後來我問她，是不是真的最喜歡飛機頭啊？鬧鬧說沒有這回事。我說這是花褲子講的，我只是來求證一下。內心深處，我一直以為鬧鬧最喜歡的是我。鬧鬧有點煩我了，說：「我男朋友快要回來了，別再纏著我了，他是個流氓，生氣了讓你死得難看。」

這麼一來，鬧鬧也顯得嚴肅了。

「我才不怕，我也是流氓。」我開玩笑說。

「拜託，你只是化工技校89級機械維修班的一個……小學徒。」鬧鬧說，「你會去工廠裡做學徒的，對吧？」

我很生氣，她說完這句話就拿著球杆去照顧生意了，看上去已經完全變成了桌球房的老闆娘。在我眼裡她從葡萄迅速變成了一粒葡萄乾，我想我只能離開了。起初我有點難過，後來也就好了，我想世界上並不只有一個鬧鬧，花褲子說錯了，從來就沒有一個鬧鬧，甚至連現在的鬧鬧都只是半個鬧鬧，她會逐漸變得更少，變成一個不是鬧鬧的鬧鬧。這事情說起來有多繞吧？

這以後的日子消停了很多，我們不再追逐白髮魔女，也沒有一個鬧鬧讓我們解悶，甚至連敵對派的大臉貓也不存在了。精神文明榜樣活動倒是開展得有聲有色的，反正我們全都剃光了絨毛，據說這毛越剃越硬，到三十歲就可以變成尼龍板刷。

初夏的某一天我們在街上晃悠，那是下午，四周靜悄悄的。我們鬼使神差地晃到了八中門口，昊逼忽然說：「你們還記得那個白頭髮的女生嗎？她叫張鈺，和我表姐一個年級的，我表姐也在八中。」

「她怎麼了？」

昊逼說：「她是高三的，我表姐說高考以後她就要去念大學了，她成績很好的。」

「她爸爸是公安局的。」

「不是的，騙你們的。」昊逼說，「她爸爸是個老師。」

我們一起搖頭嘆息。昊逼又說：「你們聽說了嗎？鬧鬧出事了，昨天新聞裡放的那個火災，把她的桌球房也給燒了，鬧鬧的男人燒死了。」

「我靠。」我們一起驚詫。

「我們又可以去找鬧鬧玩了。」昊逼說。

「我才不去咧，」我說，「要去你自己去。」

這時八中的下課鈴聲響起，三三兩兩的學生出來，我們推著自行車讓到了一邊的樹蔭下。昊逼忽然又喊了起來：「白頭髮，白頭髮！」

又是她。她騎著自行車閃過我們眼前，我們都沒有說話，也不打算再跟上去，我們怕死她了。只有昊逼表現得非常激動，他永遠都激動，是我們之中最自卑也最情緒化的人。他跳上自行車招呼我們一起追過去，飛機頭說：「別追了，摔死你。」可是昊逼已經撲了上去，他的少白頭像一堆蒲公英在風中飛舞。飛機頭大聲說：「他媽的別追了聽見沒有？」昊逼聽不見，他真的追上了她，並且扭過頭去，對著她吹出了生平最響亮的口哨。

「滾開！」我們聽到女孩大喊一聲。

街道很空，有一輛運鋼筋的卡車與他們同方向急速開過，那些鋼筋的末端有三米多長全都懸掛在車斗之外。卡車開得太快，與他們貼得太近，我預感自己將會聽到自行車捲入車輪時發出的金屬碎裂聲，可是沒有。卡車開過以後，女孩一隻腳撐在人行道上，看著前方發呆，然後狂笑起來。那是我最後一次見到她，她不再是嚴肅的。同樣的，我也再沒見過鬧鬧，我後來還曾經想念她，但她已經找不到了。

我們的昊逼，他的衣領竟然被鋼筋鉤住了，他試圖掙脫，但自行車會失去平衡，他會被拖死。於是他只能緊緊地把住車龍頭，白髮顫抖著以八十碼的速度被卡車拽著，一路發出長久的慘叫，前面的司機根本沒有聽到他的聲音。卡車呼嘯向前，闖過十、七八個紅燈綠燈，去往城外的公路，它根本沒打算煞車或者減速，終點非常遙遠。後來昊逼到底在哪兒撿回了一條命，我們誰都沒有問明白，連他自己都忘記了。

妖怪打排球

我們四十個人，中午去城西大橋下的球場踢球，那球場是正方形的，四邊各有一個生鏽的球門，踢起來很古怪。後來我們像下四國軍棋一樣，分為四隊搶一個球，可以向其他三個門裡隨便射，誰家門裡進球多的就算輸。這麼玩足球看起來很像是打群架，其實我們只是為了好玩。

那天我在搶球時挨了誰一個肘錘，正中鼻粱，覺得鼻涕流下來了，一摸全是血。我用手絹塞住鼻孔，獨自走到球場邊抽菸，看到周圍全是灰濛濛的風景，冬天的大橋比我的褲子更破爛，一排棕黃色枯死的水杉擋住了河道。這一帶離城裡很遠，周圍沒什麼人家，早晨的大霧直到此時還沒有散盡。

我坐了一會兒，花褲子過來了，借了我一根香菸。花褲子說：「我覺得我們像一群神經病。」

這種天氣誰都像神經病。如果你不發點神經，就會像天氣一樣，到了中午還看不見太陽。

豬大腸也來了，豬大腸是個腦垂體分泌異常的胖子，有二百五十斤重。他跑不動了。他究竟是怎麼混進化工技校89級機械維修班的，誰他媽的都沒想明白，二百五十斤啊，你能指望他去修水泵就像指望他做一個里傑卡爾德式的後腰嗎？有一次玩籃球他摔倒在小癩的身上，直接坐斷了後者的一根肋骨。

豬大腸說：「給我一根菸。」

我說：「滾一邊去，你從來都不買菸的。」

豬大腸說：「那就給我抽一口嘛。」

我把菸給了他，他抽了一口再遞回來我也不要了，看到他抽菸的樣子覺得那張嘴巴像個屁眼。我抬起頭，用手帕擦鼻子，血似乎已經止住了。

那時我們是在裝配廠實習，大橋以西兩公里的地方，周圍全是荒地。那時城市還沒有往護城河以外拓展，冬眠似的，所有人都在城裡玩。我們每天早晨穿過城區來到裝配廠，在裡面胡鬧一整天，隨著下班鈴聲響起，跟著疲憊的工人們一起離開，換一個地方去胡鬧。至於這個場子，平時路過都看得到，以為有人把守，那天老土匪說這裡其實沒有人管，於是我們拿了一個球就來了。

「那是什麼地方？」刀疤五走到我身邊，指著遠處的一棟建築問。

它在霧中，霧帶著一種化工廠的焦黃色，顯得很不健康。它看上去像是一個玻璃菸灰缸。

「新區的體育館。」花褲子說，「造了一年多了，新聞裡都放過。」

「看上去像是造了一百年了。」

「今天天氣不好。」

「你去玩過嗎？裡面有體育比賽嗎？」

「我又不愛打球，又不愛看球，我去那兒幹嘛？」花褲子說，「你再想想，我們這兒什麼時候有過像樣的體育比賽？除了一群傻逼跑來跑去，拿個市級業餘冠軍。有什麼比賽吧？從來沒有，從來都是傻逼跑來跑去。」

「這個體育館造好了，以後可以有省級比賽吧？」豬大腸一副憂國憂民的樣子。

「去年省裡的乒乓球比賽，在市區體育館辦的，我去看了。」我低下頭，鼻血又流出來了，只能仰起頭繼續說：「打得很好，特別那幾個女的。可就這樣她們還是沒希望進國家隊。我們是乒乓球大國，就像練毛筆字一樣，隨你怎麼練都不可能掛到人民大會堂的牆上去。所以我告訴你，傻逼，省級的也沒什麼可看的。」

這時技校帶隊的陳老師來了。陳老師是個白淨斯文的青年，大名陳國真，他本來在技校裡混日子，管管政工，哪個人打架了，哪個人抽菸了，隨著我們遠赴郊外實習他必須也跟著我們一起到這個鬼地方來。我看到他過來就把香菸扔了。陳國真說：「我操，你們不去上班，在這裡踢你媽個球啊？你們這群傻逼還想健身？去車間裡練他媽的肌肉吧。球我沒收了。操你媽，大飛，你把球踢哪兒去了？你去給我撿回來。操你媽。」

我們吊兒郎當地跟著他往回走，留下大飛一個人跑向遠處的蘆葦叢。到了裝配廠，我往醫務室一鑽，那裡很暖和，我坐在醫務室裡等了半個小時，廠醫才來。她問我幹嘛，我說我鼻子出血了，要一塊藥棉。她很同情我，但找了半天竟沒有藥棉，最後扔給我一個口罩，讓我自己拆了把裡面的棉花掏出來用。其實我已經不流血了，索性戴著口罩回到了車間，剛進去就看見大臉貓和幾個輕工中專的實習生打了起來。按說我們應該一哄而上把那些討厭的中專生打死，但那次我們誰都沒動手，眼看著中專生把大臉貓的腦袋打破，我們在一邊鼓掌向他們致敬。

這顯得我們喜怒無常，天威難測。

所有的中專生都是我們的死敵。中專不是大學，只比我們技校生多念一年書，但他們是幹部編制，我們是工人。他們是幹部之中的蝦米但還是幹部，我們是工人之中的鯊魚但還是工人。事情就這麼簡單。

拿我來說，初中畢業考試的分數是能考上中專的，結果老子不幸填了著名的財經中專，那地方的分數比重點中學還高，按第二志願我就來到了化工技校。早知道當初我就該填紡織中專，分數又低，身邊女孩又多。我這輩子進了化工技校算是倒了霉了，全班四十個男生，沒一個女的，有一度我們集體愛上了美麗風騷的機械製圖老師，她懷孕的時候我們全都哭了。

然而我再也不想和中專生打架了，這會很慘，有關部門保護他們。不管打成什麼樣，都是技校生挨的處分更重些。這有點像元朝，我們是漢人，他們是色目人。我混了兩年多，快畢業了，不願意在最後關頭惹上這種麻煩。

到了下午大飛並沒有回來，晚上我去找他，告訴他，他最討厭的大臉貓被人揍了，去醫院縫針了。大飛無心談論大臉貓，他告訴我：「我今天下午去體育館了。」

「好玩嗎？」

「很好玩。明天我帶你去玩。」大飛看到我一副無所謂的樣子，我顯然還想把大臉貓挨揍的話題繼續下去，就自動揭開了謎底。「體育館裡有女排在訓練。」

「什麼女排啊？」

「女子排球隊，省裡面的。」大飛掰著手指說，「有十幾個，最起碼十二個，長得都很高，肯定比我高，但是比你也高。」

我同情地看看他。大飛是個矬子，矬而有力的那種，出於某種互補心理，他喜歡個子高的女孩，比如旅遊中專的丹丹就比他高半個頭。

我小時候，中國女排是必須學習拚搏精神的榜樣，連我媽這麼嚴苛的人，都會允許我深更半夜看女排比賽。如果不看比賽，老子就寫不出作文，就會被老師批評。那時我有點厭煩她們。到了我身高一米七八的時候，有一次跑到一個排球場，發現球網比我想像中高，我蹦起來只能冒出四根指尖，這太丟人了，於是我意識到了她們的身高。我喜歡矮我半個頭的姑娘，如果高我一個頭——沒見識過，不知道什麼感覺。

我對大飛說：「明天我也要去看。」

第二天中午我們又來到球場，由於大臉貓被打傷了，陳國真害怕我們會在廠裡展開報復行動，這一天也就任由我們去玩了。其實誰會為了大臉貓這種傻瓜而打抱不平呢？這夥人完全忘記了大臉貓，在球場上踢得塵土飛揚，盡情地享受著難得的自由。我說了一句：「體育館有女排。」所有人都不想再踢球了，他們要穿過蘆葦叢到體育館去看熱鬧。大飛很不樂意地罵了我。

這是天氣很不錯的日子，沒有起霧，陽光照著，我們走了一會兒，那些枯萎的草葉子全都飄了起來，好像我們搞了很嚴重的破壞。地很乾也很柔軟，鬆過土一樣，走在上面很舒服。如果球場也能這麼舒服就好了。

一直走到體育館那兒，現在它顯得高大巍峨，像個巨大的裝配車間，深綠色的牆體和茶色玻璃。我很生氣地想，裝配車間不可能是圓型的，為什麼我會聯想到裝配車間呢，簡直沒勁。冬天的荒草浮在四周，近處有一片靜止的工地，感覺是在挖什麼古代遺跡，全都掘開了，打了幾根樁子，然後任由它敞開著。這就是我們在新聞裡一再看到的新區，和城裡迥然不同的、像外國一樣的區。他們說很多三資企業正在造廠，這裡的工資更高些。嶄新的體育館象徵著一種嶄新的生活即將拔地而起。

我們大模大樣地晃進去，太清靜了，連個看門人都沒有。這夥人敢於大模大樣地晃進任何地方（除了派出所），同時在任何地方都會遭到阻攔（只有派出所不攔我們）。裡面果然很大，高高的屋頂，看台圍繞著一個球場，掛著排球網。一個人都沒有。我們有點掃興，花褲子坐到看台上給自己點了根菸，於是其他人也坐了上去，香菸在幾十張嘴裡輪番傳過去。傳到我這兒，我把菸掐了，說：「體育館不能抽菸。」

「你傻逼。」刀疤五說，「一個人都沒有，把我們叫來，還不給抽菸。」

「搞體育的人不能聞菸味，因為他們要深呼吸，會把肺弄壞。這是我表叔說的。」我的表叔他們都認識，他是擊劍運動員，省隊的。

「人都沒有，操。」刀疤五是個不太會講話的人，他一句話總會翻來覆去講十來遍，講到他自己厭煩為止。

「我總不能去把女排隊員都叫出來給你表演吧？」

「早知道就該讓你先來探探，上你一當。」刀疤五說，「人都沒有，去他媽的。我一點都不喜歡排球，我還是喜歡踢足球。」

這傻逼最喜歡的是一個人踢足球，無垠的天空就是他的球門，他根本不懂什麼是排球。我不再理他，獨自走到排球網下，原地蹦起來做了個扣球的動作。我發現自己的手肘可以冒出球網，覺得很高興。又試了一下，確實無誤。這就表示我扣出去的球不再是打向觀眾席了。

「你這個傻逼在幹嘛呢？」大飛坐在看台上對我喊。

「我可以扣球了。」我說，「把你的足球扔給我，我扣一個給你看看。」

「扣足球，你腦子壞了。」大飛說，「你打算給我們表演嗎？」

「你懂個屁，上學期我摸高還剛剛能超過球網呢，現在我已經可以把手肘伸出去了，我能扣球了。這說明我的彈跳力有進步，我這半年沒長個子。」

他們都不感興趣，只有飛機頭跑了過來。飛機頭一米八二是我們班最高的，他穿著皮鞋原地蹦起，用手搆了一下，說：「這算什麼，我也能扣。」

「可是上學期我就搆不到。」我說。

「上學期你被輕工中專的女生甩了，你萎了，屁也搆不到。今年你緩過來了。」大飛又在遠處喊。

我試圖再次跳起的時候看到球網對面出現了一個人，她穿著球衫球褲，比我高出半個頭，肘彎夾著個排球笑吟吟的看著我。我愣了一下。

她說：「去年你搆的肯定是男排的球網，我們女排的球網比男排大概要矮二十公分。」

體育館帶著回聲，後面那群白癡全都聽見了，一個一個笑翻了。

因為是封閉訓練，我們被趕了出來，坐在體育館外面吹風。那些茶色玻璃照著我們自己，裡面什麼都看不清。這麼玩了一會兒，我們覺得無聊了，所有人身上的香菸都抽完了，飛機頭尿急，跑到工地那兒，對著掘開的土坑尿了一泡，後面的人也跟著過去尿。尿完了，吴逼說：「其實我們應該對著茶色玻璃尿尿，反正我們也看不見裡面。」

「你的雞雞那麼小，好意思對著人家掏出來嗎？」花褲子說。

昊逼是我們班的殘疾人，少白頭，大舌頭，雞雞也很小。如果把他的褲子扒下來，在最初的一瞬間你會以為他是個女的。不過等他罵人的時候你就知道他是男人了。這會兒他操了花褲子的媽二十多遍。花褲子沒還嘴，也沒打算揍他，花褲子很少和人鬥嘴鬥拳，總是保持著一種奇怪的尊嚴感，好像在他近似咒語的某一句話之下對方已經變成一個妖怪。他回過頭來對我說：「昊逼這兩天在吃補藥，什麼太陽神口服液，聽說吃了就長雞雞。一個人要是長雞雞了，他就會變得很容易激動。」

我們走回了裝配廠。

這一路上花褲子就在問我是怎麼被輕工中專的女生甩了的，花褲子正在談戀愛，他的女朋友看樣子也想把他甩了，他想預習一下失戀的感覺。我說：「我已經懶得說這件事了，你去問大飛吧。」

大飛說：「這傻逼喜歡上了一個輕工中專的女生，我見過，長得不好看，但是有兩個鍾楚紅一樣的酒渦。你知道，他看見酒渦就像刀疤五看見二鍋頭，反正立刻走不動路。後來他就去輕工中專泡她，那個女生叫什麼名字？」

我說：「李霞。」

「對，李霞。李霞對他還挺好的，還請他喝過汽水。她是縣城的，講話和我們都不一樣，平時還住在宿舍裡。這傻逼就是喜歡那些住在宿舍裡的姑娘。」

花褲子說：「因為沒人管嘛。不過就算泡上了也沒什麼前途，她們畢業了都回縣城的。」

大飛說：「有一天李霞帶我們去看打排球，他們輕工中專有個排球場，裡面一群人在玩排球。我們跟了過去，沒想到李霞喜歡其中一個最帥的，叫什麼名字？」

我說：「張敏。」

「對，張敏。傻逼看了半天發現李霞的眼神不對，就吃醋了，穿著皮鞋跑進去墊了個球，飛過球網，對面那個張敏打了個背飛。傻逼就跳起來攔網，結果那個球扣在了他的臉上。扣在臉上啊，哈哈。」

花褲子說：「這有什麼好笑的。」

大飛說：「你當時不在，我在，我都快笑瘋了。傻逼捂著臉仰天躺在地上，所有人都在笑，那個李霞笑得都快跟他一起躺著了。後來傻逼沒臉去了，就再也不找她玩了。」

花褲子嚴肅地說：「這麼說倒是滿可笑的，怪不得今天在踅摸著要扣球。」

我說：「我無非是被人用球打中了臉，大飛你還記得上次被李曉踢中睪丸的事情嗎？你跟李曉搶悶悶，被他踢了睪丸，現在睪丸還在嗎？」

大飛就撲過來踢我的睪丸，我繞著花褲子躲。花褲子厭煩地搖了搖頭，用手擋住自己的睪丸免得被大飛誤傷了。花褲子說：「你們不要這樣賤好不好？」草叢裡有一群野鳥呼啦一下驚飛到天上，掠過我們的頭頂，落在稍遠的地方，不知道牠們到底是真的受驚呢，還是僅僅想換個地方待著。

到廠門口看到陳國真正在傳達室抽菸，指著我們說：「你們這群傻逼又去踢足球了？跟你們說，大臉貓的事情不許再想了，挨揍就是挨揍，認倒楣吧，打過來又打過去的就是你們這群傻逼。不許給我找麻煩啊，否則一律開除。」

大臉貓在醫院裡縫了四針，過了幾天像個傷兵一樣出現在了車間裡。我們正圍著一個巨大的鍋子，在它的蓋子上擰螺母，車間主任發給我們二十個扳手，兩個人合用一個，等到擰好了螺母他發現只剩下十個扳手了，車間主任破口大罵，這時大臉貓走了過來，他頭上纏著紗布，本來臉就大，現在活像個葫蘆娃。大臉貓拿起一個扳手試了試，不是擰螺母，而是掄了一下。車間主任害怕了，說：「你想幹嘛？」

大臉貓說：「那幾個中專的呢？把他們叫出來。」

車間主任說：「關我屁事啊，你要找碴別在廠裡找，有種放火點了他們家。」

大臉貓說：「去你媽的，我在車間門口被人打了，現在我要報仇你居然讓我到外面去？」

車間主任說不過他，覺得他嘴巴比拳頭厲害，活該挨揍。那十個扳手還是沒找到，大臉貓手裡拿著一個，車間主任也不敢再要了，拿著九個扳手罵罵咧咧地消失在我們眼前。

大臉貓叫了幾個和他要好的，在一邊抽菸，商量著怎麼去報復。這種事情經常在化工技校發生，you kill me，me kill you，不足為奇。我和大飛還有花褲子跟他們合不來，就不去參與這種傻瓜事情了。花褲子說大臉貓並不打算搞出什麼驚天動地的事情，他要真想報復就該一個人拿把菜刀默默地走出去，而不是七、八個人合用一把擰螺母的扳手。我從來沒見過有人舉著扳手搞出大事，那太像宣傳畫，咱們工人有力量。

下午我們三個溜出廠去體育館，這次走了一條直達的捷徑，沿著冬季乾燥而堅硬的土路，天氣又不好了，陰霾中覺得有一場大雪就在頭頂。有時我會想，假如雪不是一點一點地飄下來，而是一下子全部砸向這個世界，不知道會發生什麼。我覺得無聊極了。

花褲子說：「我失戀了。」

「你才談了沒幾天吧？」

「兩個月。她不喜歡我了。」

「你有親過她嗎？」大飛問。

「親過一次，第二次就不給我親了。」

「別傷心，會過去的。」

「我既沒有被排球打中臉，也沒有讓人踢了睪丸，我有什麼好傷心的。」花褲子做出一副無所謂的樣子，「我們還是去看女排吧，跟你們說這種事情真是太浪費了，你們什麼都不懂。」

可是那些女排已經不在了。我們走了有半個小時，白跑了一趟。體育館空蕩蕩的，連球網都沒有了。我們坐在看台上喘氣。

「大概集訓結束了。」大飛說。

「上次那個女的比我高半個頭呢。我從來沒見過這麼高的姑娘，大飛你最喜歡這種類型吧？高半個頭呢。」我說。

「她長得太高了。」大飛沮喪地說，「比你高半個頭。比我，他媽的高了一個頭都不止。」

我閉上眼睛想了一會兒，沒想起來她的模樣。她確實長得夠高的，我對一個需要仰視的大姑娘仍心存敬畏，就像我敬畏文學家、員警、工程師，這他娘的是一種很要命的感覺。我甚至敬畏那個朝我臉上扣了一排球的張敏，他和我差不多高，但是小腿修長，十分具有彈跳力。他就是能跳起來扣球，我就是不能。

後來走進來一個老頭，把我們轟了出去。這次我打算再去看看草叢裡有沒有野鳥，於是走了一個小時才回到廠裡，到那兒看到無數人站在浴室門口，隨著下班鈴聲響起，他們像搶便宜貨一樣一哄而入。在回來的路上我看到無數野鳥飛起的樣子，牠們顯得從容不迫，比人類更具有平常心。後來我知道人們是想在下雪之前洗完了趕緊回家，可是那一天並沒有下雪，陰天使人多疑。

陳國真把我們叫到裝配廠的食堂裡開會。那是上午，食堂裡沒人。陳國真推心置腹地說：「如果你們打算找碴報復，就等著開除吧，誰打架就開除誰。操你媽的，你們是不是不想讓我太太平平地掙點工資，非要讓我為難？」

大臉貓開口了：「我被中專生打成這樣，他們一個都沒開除。」

「輕工中專的事情我怎麼搞得明白？」陳國真說，「我是化工技校的，我不能去開除輕工中專的，但是我可以開除你們。」

大臉貓說：「你想講和，就得讓他們請我吃飯，跪在我面前磕頭、敬茶。不然這事沒完。」

陳國真說：「操你媽，你以為自己是黑社會嗎？這學期要不是我保著你，你都被開除了二十回了。等你被開除了，你想讓誰磕頭就讓誰磕頭，拉一群黑社會過來找我我也給你磕頭。操你媽的。」

陳國真就這麼走了。聽了他的話，我感到有點哀傷，因為我見過大臉貓給人磕頭的樣子，並不是磕頭就能講和了，磕頭的過程中還有人踩他的臉，把口水吐在地上讓他舔乾淨。這件事一點也不好玩。

大臉貓說：「我要找人挑了他們的腳筋。」說完也走了。

第二天陳國真又把我們請到了食堂，說：「操他媽的，事情鬧大了，那幾個中專生現在不敢來實習了，他們去找校長，他們校長來找了我們校長，我們校長找了我。你們誰要是敢動手，我就完了，操，你們隨便吧，你們想怎麼死就怎麼死，有本事去輕工中專打架，我陪你們一起死。」

那時大臉貓也顯得悶悶不樂的，在廠裡報復很容易，如果要他去踏平輕工中專，那就等於是一場攻堅戰，必須多十倍的人、十倍的兵器，靠一個扳手是肯定不行的。首先大臉貓找不到這麼多人助拳，其次我們都知道，這麼多人助拳是很花錢的，有人根本不打架，純粹來混吃混喝，但你真的不能只帶兩三個人的特種部隊過去，你必須帶著一大群傻瓜好像是一場重大戰役，其中有尖刀兵、警衛營、文工團，還有炊事班。

我、大飛還有花褲子打著呵欠走開了。我們叉了一夜的麻將，很睏，根本不想幹活也不想搭理這種事情。我們這個圈子裡，只有闊逼顯得躍躍欲試，他神經病，看見任何打架的都想衝上去。有時候在小菜場看見婦女和菜販子吵架，他也會撲過去給人一拳，總之激素分泌旺盛。花褲子說：「闊逼你根本不應該生活在中國，應該去非洲打獵。」我們說著就找了個地方睡覺去了。

到了中午我們三個人被踹醒了，一看是陳國真，不知道他想幹嘛。陳國真說：「睡你媽個頭，校長來了，都給我集合去。」

我揉著眼睛，心想這是演的哪一齣，校長竟然親自騎著自行車來到這偏遠的角落視察，這是不可能的事情。後來我明白是為了大臉貓，他不是要挑人腳筋嗎？這種話我們熟人都不會信，傻瓜連自己的腳筋在哪兒都不知道，但是在常人聽來就很可怕，好像某國宣布要扔原子彈一樣。

於是我們排成隊，校長來了。他是個矮胖子，拿破崙也是矮胖子，所以他在視察的時候還是很有拿破崙的氣質的。在陳國真的陪同下，他先是看了看我們的精神面貌，除了我們三個睡過覺的，其他都不錯，然後扠腰講了講國際形勢、社會新聞、政治動向。講完這些，他又查看了一下大臉貓的傷勢，表示他這點傷不算什麼，很親切地慰問了大臉貓同志，又認為企圖報復是不太明智的，我們要化敵為友，要像個男人一樣堅強。這一點上，我們看出了校長的教育家風度，他循循善誘又諄諄教導，陳國真在後面不住地點頭，閃亮的雙眼不時地撲打著大臉貓受傷的臉。大臉貓從來沒得到這樣的安慰，他像貓咪被捋得很舒服地閉上了眼睛，後來竟然哭了。我們就鬆了口氣，覺得校長偉大，大臉貓是個神經病的真相被他輕易地揭露了。

最後校長說：「為了加強和輕工中專、輕工技校、輕工職校之間的橫向聯繫，我和他們校長商量過了，打算聯合舉辦一場體育比賽，用體育來增進友誼。排球，這是一項很好的運動，我同意進行排球比賽。你們覺得呢？」

我們稀稀拉拉地點頭，這種時候誰敢說不呢？

校長回頭對陳國真說：「你安排一下，這個班的男生是我校的主力，讓他們上場吧。」又拍拍大臉貓的肩膀說：「你也要去，用你的拳頭狠狠地砸排球，而不是砸人。」大臉貓已經哭得快要背過氣了。

化工技校89級機械維修班全都是男生，沒有女生。這種班級有個綽號叫「和尚班」，另一個綽號叫「強盜班」。他們去參加球類運動，只要是肉碰肉的那種，最後的結果往往是打起來，我曾經見識過刀疤五踢足球，他磕磕絆絆地帶著皮球往前跑，嘴巴裡喊著：「誰再敢來搶球我就打死他！」這樣他就帶著球一直跑到了對方的球門裡。我們建議他像海獅一樣頂著球跑，反正也沒人敢攔他。這夥人絲毫沒有體育精神，搶球必打架，但是排球是一項隔著網進行的運動，和乒乓球網球一樣，如果你搶不到球，你就只能抽自己的嘴巴。我覺得校長真是太聰明了，他甚至知道我們可以為了下象棋打起來，但我們不能跑到球網對面去打人，因為，那實在是太低級、太低級了。

輕工中專的強項就是排球，他們有一支業餘排球隊，他們學校的張敏可以打出漂亮的背飛。至於我們，真正的強項既不是足球也不是散打，而是像群傻逼一樣搞得所有人都很掃興。一整個晚上我就在想這件事，大臉貓這個傻逼夠本了，他居然可以讓我們去參加這麼一項必輸無疑的高雅運動。我夢見自己在裝配廠和新區體育館之間來來回回地走，野鳥亂飛，雪下得很大。夢裡的我穿著短褲，凍得要命，然後不停地接住了各種軌跡飛來的排球，真他媽的累死我了。後來飛過來的全是扳手，我就醒了。

冬天的某個下午我們一起騎車來到了輕工中專，由陳國真帶隊，本來校長也要來的，但他臨時開會去了。我走進輕工中專覺得很熟悉，是的，我在這裡喜歡過一個女孩，曾經多次跑進來，甚至還起過念頭要進她的宿舍。我想到這個覺得很傷心，臉上有一種排球砸過的尷尬。

那些學生已經在操場上等我們，輕工中專是有很多女生的，這讓我羨慕，她們組成了花花綠綠的啦啦隊，在我們進場時給予了慷慨的掌聲。排球場是一塊長方形的水泥地，平整而乾淨，畫著規整的白線，中間的球網已經拉起來了。這四十個人全都縮下了腦袋。我們排成了隊，高矮胖瘦，各不相同。陳國真低聲說：「你們都精神點，我他媽的也不想來的，校長要我來的。你們今天好好打球，回頭我給你們放一天假。」我們一起點頭。陳國真掃了一圈說：「誰上場？」我們面面相覷。陳國真說：「你們連這都沒商量好？你們來幹嘛的？」

「等你選拔呢。」

「我他媽的哪兒知道你們誰會打排球，誰不會打排球？你們自己選，趕緊。」陳國真生氣地說。

對面的隊員出現了，我首先看到張敏。在很冷的天氣裡，他穿著一條標準的男排運動褲，彷彿露天的寒氣根本不足以擊倒他，他在原地蹦了一下即顯示出超群的實力，完全就是個彈跳王。其實他長得不是很帥，但眉清目秀，髮型瀟灑，足以成為全場的焦點。果然，那些女生都喊了起來，張敏加油。張敏微笑著在球場跑了一圈。他的隊友們，也都很瀟灑，雖然不敢像他一樣穿短褲，但也都是兩側帶雙條紋的運動褲，腳蹬球鞋——那兩條大美腿就是張敏的專利了。

我看看我們這邊，一半穿皮鞋的，一半穿棉毛褲的，個個都穿毛衣，最威風的闊逼穿了一件皮夾克。我忍不住說：「他媽的，你們都是來幹什麼的？打球還是泡妞啊？」

「這下傻逼了。」花褲子說，「穿短褲的那個是誰啊？」

「就是張敏，把排球扣在路小路臉上的那個人。」大飛說。

「也是傻逼。」花褲子說，「我們今天要是穿短褲來，他恐怕就得光著屌才過癮了。」

我們散開了，做點準備活動，臨時選拔。那邊的女生走過來看熱鬧，還問我們：「你們為什麼沒帶啦啦隊？」

我說：「我們自己就是啦啦隊，我們學校沒女生，帶一群傻瓜過來妳愛看嗎？」

女生大笑說：「愛看的。」

「愛看也不給妳看。」

我們開始選人，就跟推舉誰出來付帳一樣，由不得對方推託。第一個把我給選了出來，我已經不想玩了，不得已在場上跑了一圈，周圍還有友好的掌聲，他們不記得我就是臉上挨了一排球的人了。我跳起來摸了摸球網，有點沮喪，這是按男排高度拉起的，我還是只能露出四根手指。我不信對面個個都能跳得比我更高，但那個張敏，他確實可以做到。

「短腿，短腿，腰長，腰長。」那群女生笑話我。

我無所謂，我才不和女孩子著急。她們嘲笑我的標準僅僅是張敏，如果沒有張敏她們就會喜歡我，如果不打排球而是打嘴仗她們會願意嫁給我。我情願這麼猜想。

第二個上來的是大臉貓，他是必須出場的。他把手插在口袋裡，頭纏紗布陰鬱地走上場，朝地上吐了口痰。我心想這他媽的不是足球場，誰給你隨地吐痰了？大臉貓反正也沒找到那三個打他的人，他聳肩站在原地，從口袋裡掏出雙手，用力掰著手指，還是一副要打架的樣子。周圍又響起掌聲。

第三個，闊逼，闊逼矮了點，可以做二傳手，不過他平時連拋過去的香菸都接不住，你就別指望他能接排球了。第四個，飛機頭，飛機頭最純情，一直在和中專的女生說話，到了場上還在說。第五個，刀疤五，刀疤五上去就踢飛機頭的屁股，讓他專心點，刀疤五的勝負心很重。第六個，沒了，沒人願意上場了，討論了半天最後他們把花褲子一腳踢了上來。花褲子大聲說：「我是討厭球類運動的，我上來歸上來，但你們別指望我動一根腳趾頭。」現在噓聲起來了。

裁判是輕工中專的體育老師，他搬了個凳子站在球網邊上，先宣布了一下規則：五局三勝制，十五分有換發球，後面再說到輪轉換位什麼的就沒人明白了。張敏大聲說：「隨便吧，無所謂，他們不懂的。趕緊打球吧，我都有點冷了。」我點頭說：「我們不懂的，再耽誤下去那兩條腿就成雪糕了。」裁判也就隨我們去了。

這時我看見了李霞。

那是個很好看的姑娘，我不只喜歡她的酒渦。我喜歡很多但我無法提煉它們，和我的厭倦如出一轍。她站在場邊，一直在注視著我，天氣很冷，她手裡抱著一個粉紅色的暖水袋，微笑地衝我點頭。我一時失控跑向她。她說：「你很久沒有來找我了。」我看著她那兩個酒渦，左邊一個，右邊一個，她臉色不太好。我說：「我又來打排球了。」

「你好好打球，我給你加油。」她說。

她真是溫柔極了，像這樣溫柔的姑娘本來就愛笑，哪怕看到我出洋相呢。我一點也不生她的氣了，她不笑真是對不起兩個酒渦。我又想到她有一次跟我抱怨，中專生活很無聊，每天就在這學校裡，從教室到宿舍，從宿舍到教室，平時連電視都看不到，只能看些書，她又不愛看書。我想我的存在並不是為了被人笑，但也可以被人笑，這取決於我是否樂意。

然後我覺得脖子一緊，被陳國真拎回了場子裡。

我對李霞說：「打完球我來找妳。」

不知道為什麼她皺起了眉頭，找了個凳子坐了下來，她把熱水袋焐在了衣服裡，她的下腹位置。她一直在看著我而不是大美腿的張敏。

花褲子說：「這女的就是你喜歡的那個？」

我說：「是啊。」

「她在痛經。」花褲子說，「我一看就知道，痛經。很可怕的，會痛得想死。」

「那怎麼辦啊？」

「我女朋友就痛經，我和她談了兩個月的戀愛，見識過她痛經了兩次。她說要平躺著，用熱水袋焐著，還要喝紅糖水。」

我又跑了過去，對李霞說：「妳還是回宿舍躺著吧。」

她說：「我不要緊的，來看看你。」

陳國真說：「操他媽的路小路，你怎麼回事？」於是我又跑回場子裡。裁判一吹哨，對面一個球飛過來，刀疤五用右拳打了個黑虎掏心，正中排球，飛向了大臉貓的屁股。周圍嘩笑四起。刀疤五說：「操你媽，不准笑，誰都不許擋著我！」

我側臉看了看李霞，她的臉上有一種痛楚的溫柔，然後她也笑了，因為真的很好玩，這球場上的傻瓜真的值得一笑，我願意被她笑著正如她願意痛經了還來為我發笑，這是一種多麼誠實的交換。我沒心思再打球了，打到〇比五的時候我實在忍不住了，周圍的笑聲我已經聽不見了，對面的張敏凍得瑟瑟發抖，他就沒能跳起來打過一個背飛或者扣殺。這時他應該會想念我，我他媽的起碼還能墊起個球，但我不想墊球，有一次球飛向了李霞，我才捨得伸出手去打了一下。後來我看見花褲子鬱鬱寡歡地抬腳，踩住了四處亂滾的排球。我舉手要求下場。

「受傷了。」我說。

「哪兒受傷了？」陳國真問。

「他痛經。」花褲子替我回答。

我不再理會陳國真的謾罵，我覺得這事真他媽的太好玩了，反正我已經參與過了，就像我爸爸參與過四清、我叔叔參與過武鬥、我舅舅參與過打倒四人幫，只要你參與過，歷史就在你屁股上留下了腳印。我的屁股上留下了陳國真的腳印。等我下場時候看到剩下那三十四個混蛋全都坐在地上大笑。與此同時，花褲子也下場了，他說：「我他媽的經歷了一生中最無聊的十分鐘。」他逕自走向遠處的車棚。接著，那三十四個混蛋，把少白頭的昊逼和兩百多斤重的豬大腸推上了舞台的中央。所有人都笑翻了。

我不想再看下去，跑到李霞身邊對她說：「天太冷了，我送妳回宿舍吧。」李霞說：「好啊，我也有點撐不住了。」

她站起來，我沒敢扶她。她走得很慢，起初我跟在她身邊。我們緩緩離開了球場，把那個亂七八糟的地方拋在身後。我聽見大飛在喊：「操你媽，我不要上場！」於是一米六二的大飛也被踹上去了。現在站在球場上的是頭纏紗布滿臉殺氣的大臉貓、白髮淩亂的瘦弱昊逼、一臉蠢相的巨肥豬大腸、發騷的飛機頭、神經的刀疤五、暴怒著不想下場的闊逼、矮矬的不想上場的大飛，一共七個。對面是張敏的大美腿。大飛哀傷地說：「我他媽的不要打排球。」

我和李霞並肩而行。我說：「我很久沒有來找妳了，時間過得太快了。」她說：「是啊，下學期我就畢業了，我要去新區工作了，我真高興。」「我也很高興。新區那個地方，有個很大的體育館，可以打排球。」

我說著覺得心裡跳了一下，又跳了一下，可是我沒再回頭，陪著她走了。

偷書人

沒有人會想到把書店開在技校旁邊，因為，我們這幫技校生，是不看書的。當時——我說的是一九九〇年——我們迷戀錄影片、電子遊戲、麻將、洋菸，但沒有人看書，武俠小說也不看。誰要是說古龍金庸或者李尋歡楊過，我們就覺得這是個傻逼，活在幻想中的神經病，關於點穴和內功之類的。出去打架你先記住不要被人開了瓢，其次聽見員警來了就趕緊跑。所以我告訴你，在一九九〇年，只有那些很文藝的人才看武俠小說。

那個女孩把書店開在我們化工技校對面，誰都沒想到。

化工技校在一個城鄉結合部，一邊是市區，好幾個新村形成一個人口龐大的聚居區，另一邊是個碼頭，一個巨型倉庫區，以及荒涼的公路。學校恰好就在這條分界線上，如果我們需要玩些具有現代感的東西，就去城裡；如果我們需要粗獷的感覺，就去城外。打架和泡妞在城裡城外都可以。

當我們看到書店開張，覺得非常好奇。那些中學旁邊才有書店，順便賣文具用品，他們少不了這些。而我們呢，全校只有兩百個學生，九成比例的男性，大部分人都希望自己快點離開這個地方。我甚至連書包都沒有，每天上學在自行車龍頭上掛一個我爸爸的公事包，那種黑色人造革的、很薄的、三面都是拉鍊的玩意兒，裡面插一支鉛筆和一支圓珠筆，香菸和打火機藏在隔層。我沒地方放書。

我記得是開張第二天下午，當那個女孩坐在書店門口，用一根雞毛撣輕輕揮舞的時候，我和飛機頭正好路過。飛機頭一下子就愣住了，像挨了定身法。

「什麼時候這裡有了家書店？」

「昨天開張的。」我說，「你蹺課了，所以今天才看到。」

女孩說：「歡迎你們來看書。」

飛機頭說：「妳應該說歡迎我們來買書。看啊看的，書都看壞了。」

「我這裡是租書的。」她收了雞毛撣子，笑吟吟地看著飛機頭。這王八蛋在他十七歲的時候確實很帥，況且他前一天蹺課是去搗騰他的頭髮了，很多姑娘看見他都會笑吟吟的，但是我覺得，只有她的笑吟吟是一下子把飛機頭的魂給勾走了。

「我會來看妳的。」飛機頭說。

我們回到學校。我對飛機頭說：「你不用多看她，這書店很快會倒閉，她很快會消失。」

飛機頭很樂觀地說：「也許它還沒來得及倒閉，我就已經被學校開除了呢。人生是很無常的。」

於是這家書店，或者說租書店，就此在技校對面扎下了根。隔著一條很糟糕的馬路，沒有人行道，沒有樹，連電線桿都是緊貼著房屋和圍牆，沒有人願意在這條路上走。有時我們站在校門口，看到書店，那裡面很暗，女孩面容模糊地坐在角落裡。我曾經去過那裡，一半是破破爛爛的武俠小說和言情小說，另一半是外國小說和革命小說，分門別類地放在書架裡。哪一半都不是我愛看的。天氣好的時候，她會到店外面，曬曬太陽。我可以很肯定地說，她的店裡沒有生意，她選錯了地方。

也許是她太寂寞了，從一開始，她就認為飛機頭可以為她解悶。而他確實沒有辜負她，那以後的很多個中午，他都坐在她店裡的小板凳上。這引起了我們的好奇，走過去看了看，大飛說那個女孩並不漂亮，只是長得比較精緻。其他人不懂什麼叫「精緻」。我說：「我覺得她是灰色的，我看著她就覺得自己得了色盲。」

大飛說：「你這個形容，沒人聽得懂。」

那一年飛機頭愛上了各種各樣的女孩，他自己數了一下，大概有十五個，其中包括高年級的女生可哥、輕工中專的李霞、馬路少女鬧鬧，還有各種叫不上名字的，但一無所獲。他唯一可以得手的，是我們學校圖書館的陸莉莉，但陸莉莉實在長得不好看，她比飛機頭大五歲。每當說起陸莉莉的時候，飛機頭的腦袋就會俯衝下去，彷彿民航客機要著陸的樣子。

「我覺得還是陸莉莉更適合你。」大飛說。

「大家綽號裡都有『飛』，拜託你講話給點面子。」飛機頭說，「我不喜歡比我大的姑娘，你才喜歡這種類型的。」

「你上過那個書店女孩嗎？」

「沒有。」

「你打算上她嗎？你他媽一天到晚在書店晃。」

「這事沒你想得那麼簡單。」飛機頭拍了拍大飛，「很複雜，但是對你來說確實簡單，被那些老女人騎在身上什麼都別想就能全部搞定。」

「有時候也要換個姿勢的啦。」大飛恬不知恥地走到飛機頭身後，扶住後者的腰，用自己的小腹對著前面的屁股頂了好幾下。

飛機頭一下子跳出去三米遠。

等到飛機頭走了以後，大飛對我說：飛機頭搞不清自己想要什麼，其實他就是想上那個書店女孩，但是他沒經驗，不知道自己要的就是這麼簡單的東西。另外，大飛又說，飛機頭隱瞞了一件事，那個書店女孩和陸莉莉一樣都比他大五歲，他還以為別人不知道。

「我覺得她很老了。」我說，「像個女巫一樣。」

另一天，在碼頭邊，我們在飛機頭的書包裡找香菸，翻到了一本《悲慘世界》的下冊，作者是雨果，一個法國人。不知道的人嘲笑飛機頭，說他現在變成了一個有文化的人，居然看這麼厚的書，而且是下冊，那說明他把上冊已經看完了。其實《悲慘世界》的故事我們都知道，有一部配音的法國電影，但是誰會有耐心去看原著呢？飛機頭搖晃著身子，很扭捏地企圖拿回那本書，但它被一群人拋來拋去，最後扔到花褲子頭頂上。花褲子說：「他就是看看書嘛，沒什麼不好，你們太無聊了。」他沒伸手接書，於是它直接掉進河裡了。

飛機頭說：「操你媽的。」

花褲子說：「這小子中邪了。」

過了幾天，飛機頭在新華書店的開架櫃檯上偷書，被營業員抓住了，這不是什麼嚴重的事，那會兒新華書店剛剛開架，每天都能抓到偷書的人，但是他們會威脅說把偷書賊送到派出所去。書店先打電話到學校，那天去的老師是個剛從工廠轉業過來的，他見面就給了飛機頭一個耳光，把書店的人都鎮住了。然後他指著飛機頭問：「偷了多少書？」

書店的人看了看桌上，說：「《悲慘世界》，而且是下冊。」

老師又給了飛機頭一個耳光，對書店的人說：「夠了嗎？」

書店的人說，夠了，別打了，帶回去教育教育吧，你身為一個人民教師，這麼打學生不太好吧。老師說，你們懂個屁，我要是不打他，他回去肯定被開除。書店的人說，風聞貴校牛逼，果然名不虛傳。那時候飛機頭已經流出了兩管鼻血，樣子變得十分可怕。

第二天陸莉莉攔住飛機頭，說：「你為什麼要去書店偷《悲慘世界》？我們圖書室也有的。」

化工技校的圖書室在食堂邊上。你必須拐進一條小夾弄才能找到它的入口，也就是說，在正常的活動範圍內，你是看不到它的存在的。那條夾弄裡甚至連路都沒有，下雨時墊的磚頭形成一個通道，在不下雨的時候，陸莉莉也會踩著磚頭往裡面跳。

人們根本很少進去，那地方荒僻而狹窄，大部分都是化工方面的技術參考書，和我們一點關係都沒有，還有一些課外書，小說啦，散文啦，陳舊破爛，散發著霉味，同樣無人問津。作為本校為數不多的未婚女性之一，陸莉莉也從未獲得過我們的青睞，她的主要問題是長得不好看，不好看的主要問題是她哨牙，錄影片裡管這個叫牙擦蘇，本地叫做爬牙、爆牙、西瓜鏟牙。她的工作稍稍可以遮醜，在圖書館高高的桌子後面，她只露出鼻子以上的臉蛋，彎彎的眉毛，雙眼皮，鼻梁中間有一顆痣。可惜，她總是在食堂裡被人們撞見，哨牙一覽無餘。

作為飛機頭的緋聞對象，她一點都不冤枉。事情是這樣的，剛念技校那會兒，有一天我們幾個受命去圖書室打掃衛生，以為只是撣撣灰、擦擦窗，沒想到她讓我們把所有的書都挪下來，把書架的每一個格層都擦乾淨。這活幹到一半的時候，我們都鼻子過敏，一個接一個地打噴嚏。這時陸莉莉從抽屜裡拿出了唯一的口罩，給了飛機頭。飛機頭起初還很得意，戴上口罩對著我們眨眼睛，後來大飛說，那口罩是陸莉莉用來擋住哨牙的，飛機頭就噁心地摘下了它。

我們不知道陸莉莉為什麼喜歡飛機頭，彷彿從一開始，她就對飛機頭抱有特殊的好感。固然，他很帥，但他也很王八蛋。也許在陸莉莉眼裡是倒過來的，他很王八蛋，但他很帥。有時候陸莉莉還會管著飛機頭，譬如這次他偷書，她就很嚴厲。

飛機頭翻著眼珠說：「這事不用妳管。」

陸莉莉很生氣，看到我們在一邊狂笑，她就沒再說下去，呲著哨牙走了。這時我想起一件事，問他們：「有一天我看見陸莉莉在練毛筆字，她在報紙上寫『心遠地自偏』，這是什麼意思？」

大飛說：「就是一個女人不愛搭理別人，然後縮在角落裡，然後沒有人搭理她。」

「不一定是女人。」

「大部分都是女人。」大飛滿有把握地說。

後來，我們在書店裡看到飛機頭，覺得他也快要變成「心遠地自偏」的人了。他縮在黑暗的角落裡，無聊地翻閱著女孩店裡的書，有時他甚至不看書，就捧著腮幫子看女孩。天哪，這副樣子太不像是我們的同夥了，他變成了一個文靜的人。而那個書店女孩，她有時揮動雞毛撣子，有時安靜地坐在飛機頭身邊，兩個人一起發呆。

大飛繼續追問飛機頭：「你到底什麼時候才能上了她？」

「不知道。她是個很單純的女孩。」飛機頭說。

「你他媽的才單純，你再不上她，小心陸莉莉上了你。」

「你們不要胡說八道。」飛機頭說，「我和陸莉莉根本不是你們想的那樣。」

也許飛機頭說的是對的。有那麼一陣子，陸莉莉談戀愛了，對象是我們學校的一個中年老師，前禿並且離異，脾氣相當古怪的傢伙。他們同進同出，在食堂裡可以看到他們並排或者是面對面坐著，吃同一份菜，同時笑，同時點頭。哨牙和禿頭，彷彿是一對天造地設的組合，彷彿這兩種缺陷本身具有獨立的意識，而那兩個活生生的人卻不存在了。

可惜好景不長，大概兩個月後，飛機頭說陸莉莉失戀了，那個前禿的老師終於厭倦了哨牙，和她說拜拜。飛機頭警告我們，陸莉莉最近的心情很差，沒事不要去圖書室惹她。

「只有你才喜歡去有書的地方！」我們一起嘲笑他。

飛機頭快要得手了，他嘗到了愛情的滋味。有一天他惹了兩個高年級的男生，被人在學校裡追打，他一時沒找到同夥們，就狂奔出校門，一溜煙鑽進了書店。那兩個仇家更生氣，提了木棍追他，那個書店女孩雙手張開撐住店門，小小的門面恰好被她攔住。她說：「不許在我店裡撒野。」

這耽誤了一點時間，我們一夥人趕了過去，推推搡搡，在書店門口互罵了半個鐘頭，沒有人動手。後來老師來了，就是那個抽飛機頭兩個耳光的狠角，我們就裝作沒事那樣散去了。

飛機頭說，那是他見過的最勇敢的女孩。他感動極了，他覺得在自己這浪蕩的一生中需要這樣的伴侶，一個遮風擋雨的店面，一種俠骨柔情的剽悍。終於有一天，他向她表露了愛意。

「她什麼都沒說，就對我笑笑。」飛機頭苦惱地說，「然後她說這裡生意太差了，她要搬走。」

「你可以跟她一起走，成為一個租書店的小老闆。」大飛說。

過了幾天，飛機頭又在新華書店被人活捉了。這次他偷了一本叫《復活》的書，那個狠老師去領人，本來想再打他幾個耳光的，發現他已經被書店的男職工打過一次了，就沒說什麼，把他帶了回來。路上，狠老師問他：「你到底偷了多少本世界名著？」飛機頭說：「三、五十本吧。」狠老師說：「你有這個本事，為什麼不去搶銀行？你去搶銀行吧，這樣我就省心了。」

於是，第二天中午，我們一夥人在操場上被陸莉莉攔住了。陸莉莉說：「李俊堯呢（飛機頭的本名）？」我們說，不知道，他大概又在馬路對面。陸莉莉很生氣地說：「他為什麼又要去偷書？為什麼？為什麼？」她生氣的時候，所有的哨牙都在臉上露著，太嚇人了。

大飛說：「這不能告訴妳。」

花褲子說：「妳知道了會發瘋的。」

我說：「其實妳早該知道了。」

陸莉莉撲過來像是要啃西瓜一樣揪著大飛的腦袋說：「快告訴我！你們難道想看著他被開除嗎？要不是我求情，他已經被開除了！」

我們面面相覷，她說得沒錯，如果任由飛機頭這麼偷下去，他遲早會因為這件事而倒楣，不僅是開除，有可能會勞教。我們的圈子裡會出現一個因為偷書而勞教的白癡，這件事說出去沒人信的。於是，大飛把所有的事情都說了出來：飛機頭愛上了對面開書店的女孩，他去書店偷書，是為了給那個女孩輸送新鮮貨物……可憐的傢伙，他不知道自己在幹什麼，他愛上了她。

不出意料，陸莉莉氣瘋了，陸莉莉從一個書寫「心遠地自偏」的女人忽然變成了怪獸，我們認為這是出於妒忌。她揪著大飛，一直揪出校門。我們這些人在後面自動跟著她，來到書店門口。飛機頭正在店裡，這麼多人鬧哄哄地過來，動靜很大，他一下子從書店裡跳了出來。

陸莉莉指著女孩說：「他為了妳去書店偷書，妳知道嗎？」

那個女孩，她本來很平靜的，她不知道發生了什麼，她精緻的五官忽然變得沉重起來，用詫異的目光盯著飛機頭。在陸莉莉的吵鬧聲中，我聽見她用很輕的聲音說：「怎麼你會是個小偷？」

陸莉莉說：「他為了妳，偷了二、三十本書，被書店抓到過兩次。妳別假裝不知道，我認為這就是妳唆使的。」

女孩說：「不，我不知道這件事。他拿過來一些書，說都是家裡看過了不要的。」

陸莉莉說：「偷來的書都是新的，誰會把新書送給妳？看看妳店裡的書，哪一本是新的？除了這些偷來的。」

飛機頭拉著陸莉莉說：「妳別說了。」

女孩對飛機頭說：「我明白了。我討厭偷書的人，我把書都還給你。」

飛機頭歉意地說：「讓我解釋。」

女孩望著她，在那一瞬間她似乎是真的原諒了飛機頭。像他那麼帥的人，一臉懊悔，不斷地搖頭，置陸莉莉於不顧，的確很值得原諒。女孩走過來拉了拉飛機頭，說：「到店裡來說。」這時，我們那位狂暴的陸莉莉，她搡了女孩一把，直接將其搡進了店裡。

「妳讓他變成了一個小偷！」

這時我們大笑起來，我們起鬨：飛機頭，夾在兩個女人中間的日子不好過啊，你完了，最好先跟陸莉莉解釋清楚，不然她今天肯定拆了這家書店。

陸莉莉詫異地看著我們，她忽然明白過來，然後舉起巴掌照著飛機頭的腦袋亂打。打完了，她扠著腰，拎著飛機頭的耳朵說：「現在，你告訴這群王八蛋，還有這個開書店的小騙子——我是你的什麼人？」

「她是我的表姐——」飛機頭大哭起來。

於是我們看到那個女孩返身走進書店，我們沒有一個人看清她的臉色，有一瞬間她是彩色的，但當她走進去之後，就恢復了那種灰色。在灰色之中，你是很難看懂一個人的表情的。過了一會兒，那些新書，那些偷來的、沒人看的書，一本一本，像搶食的鳥兒一樣從書店裡飛了出來，最後，她砰的一聲關上了門。

那以後飛機頭再也沒去過書店，學校對面的書店，新華書店，任何其他的書店，他都不再踏入。而陸莉莉，現在我們都知道了，哨牙表姐是很不好惹的，她棲身於學校角落裡的某一處，像某種隱蔽而兇猛的動物，一旦出現，就會色彩斑斕。

化工技校圖書室的盜竊案發生在六個月之後，那時，學校對面的書店已經關張，搬到別處去了，沒有人知道那女孩的下落，沒有人跟她熟。而那起盜竊案是如此的蹊蹺：星期天的晚上，竊賊從牆頭翻進來，用鑰匙打開了圖書室的門，搬走了大概三百本書。根據地上的痕跡分析，這些書是被分別打包，扔出牆頭，竊賊又鎖好了門，翻牆出去。人們估計有至少兩個賊在幹這件事，而且他們應該有一輛黃魚車*，不然搬不動這麼多書。可惡的竊賊在圖書室裡還吃了個橘子，把橘子皮扔在了桌子上。學校的門房老頭完全沒有聽見動靜，那是冬夜，他睡得太死，就算聽見了動靜他也不願意出來管閒事，說不定會被人幹掉呢。星期一的早上，陸莉莉開門進去，她一下子嚇呆了，返身跑出去報警，在過道的磚頭上絆了一下，嘴巴摔在另一塊磚頭上，磕掉了半個哨牙。

這件事有人懷疑是飛機頭幹的，但是我們可以作證，星期天的整個晚上，他都在和我們打麻將。唯一令人不解的是：他輸了不少錢，但他一直在笑，一直在笑，一直在笑。

---

* 黃魚車，載貨用的三輪車。

刀臀

每當我想到自己的十七歲，除了大飛、花褲子、飛機頭這幾個親密混蛋之外，除了那些姑娘之外，還有一個人總是會被記起，那就是刀把五。我之所以記得他，並不是因為和他有感情，也不是因為他欠了我的錢，而是他傻。這輩子我遇到的傻雞夠多了，他們全部加起來，曬一曬榨成汁，其濃度還是比不上刀把五。

他一直以為自己的綽號是「刀疤五」，出去泡女孩，他會叮囑我們一定要喊他的綽號。因為這個傻瓜的學名非常土，土得我都不想說，一說出來就會讓女孩們笑翻。他喜歡這個綽號，但他並不知道，「刀把五」是個圍棋術語，它代表著一種死棋，會被對手點死的那種。

最初只有一條刀疤，在他手背上，他喜歡這條刀疤就像可哥喜歡她的珊瑚手串。他對我們吹噓說，這條刀疤是他初中二年級時，在一起鬥毆中留下的紀念品，對手是一個成年的老流氓，他雖然沒有打贏，但也把老流氓的鼻子打破了。他還說，老流氓拿出了一把匕首，企圖割開他的頸部大動脈，他用手擋了一下，如果不是這一下他就會死掉，動脈裡的血一直噴到屋頂上去。

每當他講起這一刀的時候，我們都很害怕。我們怕挨刀子，雖然我們是技校生，每天在外面惹是生非像十三太保橫練一樣刀槍不入，但這只是一種猜測，一種惡意的幻覺。我們也是凡人，練好腹肌是為了對付女孩，而不是刀子。

而我們的刀把五，他不太一樣，他真的不怕。他說自己是個嗜血的男人，喜歡身上有疤。有一次他和大飛在教室裡吵了起來，他一拳打碎了窗玻璃，大飛早就跳到窗台上去了，像壁虎那樣打算往天花板上爬。刀把五說：「大飛，我要殺了你！」舉著受傷的右拳，那上面全是他自己的血，他舔了一口。大飛徹底認輸，大喊：「把這個瘋子拉走拉走！」

第一個學期體育課，跑八百米，刀把五跑了全班倒數第一。我們班四十個男生，連最孱弱的昊逼和小癩都贏了他。幸虧沒有女生，否則他會輸得更難看。後來我們知道刀把五是個平腳底，而且他腿短，這讓我們笑了很久。嗜血的男人，是他媽殘廢。儘管他舉著那隻有疤的手，在高年級女生那兒晃悠，表示他也是個可以依賴的男人，但是他腿短，腿短腿短腿短。誰會喜歡一個腿短的殺人狂呢？

我們最鍾愛的學姐可哥，她屬於另一個小集團，她不太和我們玩。這完全可以理解，她進化工技校，首先被高年級的男生玩一輪，然後這幫人畢業了，她被本年級的男生玩一輪，本來沒我們這一屆什麼事，但是上帝作證，我們這屆沒一個女生，四十個男人啊，他媽的每到下課時，女廁所冷冷清清的，男廁所裡擠滿了人。這正常嗎？我們泡可哥簡直天經地義，不然我們去泡女老師好了。

輪到我們手裡，可哥已經被玩過三輪了。大飛十分看不上可哥，說她是破鞋。為了這句話，刀把五又要和他拚命。我也覺得這麼說可哥不太好，在我看來她是個驕傲中帶有溫柔的調皮小姐姐，破鞋這種稱謂太過時了，況且大飛並沒有泡上她呢。

她那串珊瑚手串是紅色的，在她的手腕上，冷不丁看上去像血痕，以為她割脈了。她並不經常戴，只有在心情很好的日子裡，它才會出現一下。如果是夏天，她穿著短袖連衣裙，它會顯得非常醒目，讓女人發狂。如果不是夏天，她穿著長袖的衣服，它會若隱若現，讓男人發癡。有一次我們在一起玩，我想摸一下手串，她竟然急了，要抽我。這時刀把五跳了過來，揪住我脖子警告道：「記住，永遠不要染指可哥的手串。」

我去他媽的，他竟然用了「染指」這個詞。

可哥說：「刀把五，過來，我給你摸一下。」

大飛陰陽怪氣地說：「摸哪兒呀？」

於是刀把五又衝過去和大飛打了起來。我不得不說，雖然刀把五是個滿嘴髒話、四肢發達的混蛋，但他對可哥是真心的，奉為女神一樣。後來大飛說，他媽的，什麼女神，最多是個手淫女神吧？這話要是讓刀把五知道了，大飛真的會死掉。

我一直記得輕工職校和我們班之間發生的那場鬥毆，就是因為我們在街上看到兩個該校的學生調戲可哥。為了拯救她，為了讓她知道自己已經輪到我們手裡，我們全都撲了上去，企圖打扁那兩個倒楣蛋。但是我們還沒來得及動手，刀把五已經掄起磚頭，把其中一個打得滿臉開花，並且讓另一個跪在可哥面前，用歐洲紳士的方式道歉。可哥嚇瘋了，說這要闖大禍。第二天一百多個人衝進我們學校，見一個打一個，凡是不走運的都被揍了。

刀把五也被揍了，他滿臉是傷，挨了一個處分。然後他放出話來，要找兩百個人去踏平輕工職校。那個時候，可哥已經不打算和他有任何瓜葛了。

「他到底是什麼人？神經病嗎？」可哥問。

「他就是這樣的，內分泌失常，控制不住自己。」飛機頭說，「他以為自己是個英雄。」

「他會給我惹大麻煩的。」可哥嚷道，「他說為了我他連大出血死掉都不怕！」

飛機頭從來不信這種話，飛機頭說：「嘁，我只見過大出血死掉的女人。」

可哥走了。我們都不以為然，覺得刀把五壞了事，反而是大飛說：「刀把五固然是個傻叉，但他畢竟為了可哥挨了一頓打，如果沒有我們救可哥，她在街上就被人摸了胸，現在反過來說刀把五是神經病。我覺得這個女人才是個神經病。我對她失望極了。」

後來刀把五也沒找到兩百個人，他狂暴起來一個能頂兩百個，他為什麼不獨自衝到輕工職校，單挑所有人，然後大出血死掉？這樣可哥就會永遠記得他。這樣他就活在可哥心裡，永遠十七歲，或者變成她珊瑚手串上的一粒珠子，永遠血紅色。

在狂暴或倒楣的日子裡也會有風平浪靜的時刻，有那麼幾個月，周圍既沒有暴徒也沒有女孩，我們就只能打打麻將，聊以度日。打麻將的時候我們會談起鬧鬧啊、冰冰啊、悶悶啊，這些女孩，但我們不談可哥，免得刀把五發狂。

打麻將我們通常都在大飛家裡，後來有一天，刀把五邀請我們去他家。其實他不太會玩麻將，他連電子遊戲都搞不來，任何玩的東西他都不太擅長，除了玩命。為了照顧他的自尊心，我們還是去了。

在他家裡，我們遇到了他的爸爸，一位鉗工，胳膊暴粗，長了個菜刀頭。我們私下裡就喊他菜刀頭。菜刀頭很熱情，不但招呼我們開桌玩麻將，還給我們發了一人一根紅塔山。他也不會打麻將，在一邊看著，感受到自己的兒子很有號召力，他也很得意。後來發現我們是真的來錢的，他生氣了，很嚴肅地告訴我們：「青少年不能賭博！」

「青少年不能幹的事情多啦，也不能抽菸啊。」我說。

菜刀頭說：「抽菸嘛，你們遲早都得學會的。但賭博是不允許的，就算你們結了婚，你們的女人也不會同意的。」

我們就說：「叔叔，行了，我們不來錢了，隨便玩玩。」

菜刀頭說：「你們要學好。」

我們說：「是的是的叔叔。」

刀把五出去買啤酒，我們就一邊打麻將，一邊和菜刀頭談論著青少年道德品質的問題。我也搞不清菜刀頭的觀點，一會兒他慫恿我們抽菸，一會兒他說打架是流氓行為，一會兒他又說如果刀把五在外面為非作歹，他就打死這個獨養兒子。我們越聽越不明白，後來我們都認為，刀把五的神經質是從菜刀頭那兒遺傳的。

我們說起了刀把五手上的刀疤，一方面是誇獎他勇猛不怕死，另一方面也提醒一下菜刀頭，他兒子並不是什麼善類。誰知道菜刀頭大笑起來。

「那一刀是我砍的！」

「什麼？」我們一起大喊起來。

菜刀頭說：「他念初中的時候，有一天曠課，我掄起菜刀砍在他手上。就這樣嘍。」

飛機頭搖頭說：「我從來沒聽說過老爸用菜刀砍兒子的。」

菜刀頭說：「那次我氣壞了。中學生是不可以曠課的，對嗎？他念小學的時候成績很好，我本來以為他能考大學的。可是他曠課，只考上了化工技校，以後他也會是個鉗工。」

大飛說：「你現在還提小學時候的事情幹嘛呢？我小學時候還是班幹部呢。我們所有的人，將來都會是鉗工。」

這時刀把五回來了，他抱著一箱啤酒，聽見了菜刀頭的埋怨。他放下啤酒走過來，隔著麻將桌瞪著菜刀頭。菜刀頭渾然不覺。我說：「原來你手上一刀是你爸砍的，你騙我們不要緊，怎麼能騙可哥呢？可哥是你最欣賞的女人啊。」這時大飛站了起來，很識趣地退到一邊。我一看刀把五的臉色，也趕緊往後面退。刀把五已經撲向菜刀頭，隔著麻將桌，罵了兩百多聲操你媽。菜刀頭大怒，掄起凳子照著刀把五腦袋上亂打。麻將像焰火一樣四處濺開，我們一會兒勸刀把五，一會兒勸菜刀頭，後來他們一直打到了陽台上。很顯然，刀把五長大了，他完全可以對付菜刀頭。我們退到後面看熱鬧，直到刀把五真的把菜刀頭揍趴下，飛機頭才說：「我從來沒見過兒子敢這麼打爸爸的。」

糗事傳千里，而且是一日之間。每個人都知道，刀把五的刀疤，是他爸爸砍的。可哥坐在兒童樂園的木馬上，吃著霜淇淋，笑得前仰後合。可哥說：「你們這個年紀的小男孩哪，最愛吹牛皮。」

刀把五背著書包來上學，看到無數異樣的、嘲笑的目光，他什麼都沒說。這次他不打算和任何人打架，也找不到人可打。他撫摸著手背上的刀疤，坐在窗口喃喃地說：「我會讓你們知道厲害的。」

於是可哥繼續笑，笑得從木馬上掉了下來。

兩個月後，有四個女流氓來到化工技校門口，她們也吃著霜淇淋，她們中間有高的矮的、胖的瘦的、好看的難看的。好死不死，可哥戴著她的紅珊瑚手串，背著書包上學，在離學校五十米的一條窄巷裡遇到了四個女流氓。那些人揪住她，問：「你就是可哥？」

可哥說：「我不是。」

那四個女流氓說：「放屁，妳都戴著紅珊瑚手串了，妳還不是可哥？」她們一人給了可哥一個耳光，然後從她手腕上擼下了手串，揚長而去。

我們看到可哥的時候她已經哭得快要斷氣，她像個念幼稚園的小女孩，蹲在地上發抖，說起話來兩隻手連同肩膀一起瘋狂甩動。

「她們搶走了我的手串！」

飛機頭說：「她們就是衝著你的手串來的。」

可哥說：「我認識其中一個人，她就是紡工職校的司馬玲！」

一聽司馬玲我們全都噤聲了。這是一九九〇年最讓人膽寒的名字，她的爸爸被判了死刑，她的哥哥是勞改釋放分子，她身後的男人有一個加強連，全是流氓，戰鬥力超過了海豹特種部隊。她帶兩個女生衝進化工技校就足以踏平我們所有人，因為我們學校最狠的那個大哥，是司馬玲的忠實擁護者。我們從地上扶起可哥，安慰了很久，她總算不哭了，但她提出了很過分的要求。

「你們幫我去把手串搶回來。」

我們面面相覷。大飛頭說：「如果在其他女人那兒，我能給妳搶回來。如果是司馬玲……」

飛機頭說：「我不敢。」

我說：「我也不敢。」

花褲子說：「報警吧。」

可哥說：「你們這群慫人。如果刀把五在就好了。」

刀把五不在。那陣子菜刀頭在工廠裡出了點事故，行車上有一個吊件飛下來，砸中了他，把個菜刀頭砸成了鍋鏟頭，他顱內積水，快要死了。刀把五天天在醫院照顧他呢。

一九九〇年那會兒，我們有一個奇怪的規矩，無論發生什麼事件，只要不是強姦殺人燒房子，就不能隨便報警。因為報警就意味著你退出了江湖，以後你最好參加高考，去做一個文靜的大學生。更何況，哪個派出所會為了一串珊瑚手串而出警呢？除非所長是你爸爸。我們圍著可哥，商量了很久，最後她沒了耐心，把我們一個一個痛罵過來，說要找她的同班男生去解決問題。我們表示同意，那些男人比我們大一歲，他們的戰鬥力會稍強些，但他們敢不敢去扒司馬玲的皮，我們也覺得不那麼樂觀。

為了這串手串，我和飛機頭去了一趟旅遊品市場，那兒有大量的珊瑚工藝品。我們看到了大量的白珊瑚，有的做成假山，有的做成筆架，但我們沒有找到紅珊瑚，也沒有發現手串。店主說，這種東西還滿少見的，可能是港臺過來的貨色，就算有，你們也買不起。我想想也對，要是滿大街都能買到，司馬玲這種大老又何必來搶可哥呢？

我和飛機頭鬱鬱寡歡地往回走。我覺得我們真的很愛可哥，雖然沒法為她搶回手串，但願意出錢給她買一條，也算盡心了。我們順路去了紡工職校，在那兒看到了司馬玲，她獨自坐在操場的司令台邊，風吹著她的長髮，她顯得沉靜而又優雅，完全不像是個女煞星。那串紅珊瑚手串，那麼醒目地，掛在她手腕上，非常耀眼。我們要是衝過去給她一磚頭，就能搶回手串，贏得可哥的芳心，但不能這麼幹。司馬玲也很美麗，她像可哥一樣美，我們不能打一個美麗的女孩。

刀把五出現了，他手臂上戴著黑紗。菜刀頭死了。

「節哀。」我們說。

刀把五說：「以後沒人管我了。」然後他就知道了可哥的事情，他說：「這事兒先放一放。」

我們表示理解，說：「是的，你別管了。你爸剛死。」

我看不出刀把五有什麼哀痛的，他像往常一樣上學下學，陰著臉，擺出很酷的樣子供人觀賞。花褲子說，刀把五的沉默說明他還是很哀痛的。但大飛說，刀把五從那次打麻將以後就一直沉默。

可哥來找刀把五，當著他的面把我們幾個都損了一遍：大飛是慫包，飛機頭是慫包，花褲子是慫包，路小路是慫包。說得我們無地自容。刀把五笑了笑，笑得很殘酷，說：「我知道了。」然後他就走了。

可哥說：「刀把五也是慫包。」

紅珊瑚手串事件並沒有結束。可哥快要過生日了，她籌備已久的生日派對，屆時她要穿上最漂亮的衣服，配她的手串。可哥找了她班上一個滿威風的男生，綽號叫老虎，是她的追求者，單槍匹馬跑到紡工職校去交涉。老虎說，可哥願意用一百塊錢買回手串，另外再送給司馬玲一串珍珠項鍊。司馬玲給了老虎一腳，又拍拍他年紀輕輕就鬍子拉碴的臉蛋，說：「明天陪我去看電影吧。」就這樣，連他媽的老虎都被司馬玲搶走了。

過了一個星期，可哥那個慘澹的生日派對在一家小舞廳裡搞起來了，很多人都沒來。舞廳破舊不堪，球型雷射燈已經不轉了，卡拉ＯＫ裡都是些過時的老歌。

可哥要求我們每個人帶三瓶啤酒，她以為我們班會去上最起碼二十個人，可是只有我和飛機頭到場。我們喝著自己買的啤酒，看著可哥逐漸發綠的臉，這時，刀把五來了。

他從褲兜裡掏出了紅珊瑚手串，對可哥說：「我幫妳搶回來了。」

他是這麼幹的：下午溜進了紡織職校，認準了司馬玲，然後縮在角落裡等著她落單。黃昏時她果然落單了，像我們上次所見那樣，獨自來到操場上吹風。這時刀把五走了過去，吹風的司馬玲很美麗，但他一點沒有憐香惜玉，一把扠住她的脖子，從她手腕上擼下了紅珊瑚手串。司馬玲掙扎了一下，刀把五揪住她的頭髮，把她放倒在地，然後撒腿狂奔，越過圍牆，連自行車都沒敢回去拿，一直跑到了舞廳。

我們看著手串，等著可哥伸手去拿，給予刀把五最大的獎勵，也許會吻他一下。可是可哥比我們想像得更聰明，她說：「完了，你死定了。」這時從舞廳的前門後門各湧進來七、八個男人，他們揪住了刀把五，暴打一頓之後把他按在桌子上，他直接趴在了可哥的生日蛋糕上。其中一個男人拔出一把彈簧刀，像切蛋糕那樣插進了刀把五的左臀。

那天我只記得刀把五的慘叫，以及可哥的尖叫。等到這些面容模糊的男人消失之後，刀把五還趴在蛋糕上，可哥的叫聲還沒有停下來：「刀把五，你把我的生日派對搞砸了！」

紅珊瑚手串後來消失了，既沒有歸可哥，也沒有歸司馬玲，它在混戰中不知去向。也許是被某個混蛋順走了，而它確實也不再重要。

那時我們談論過各種刀法。我知道有人被一刀捅穿肚子之類的故事，那太兇殘，更多的時候，故事是溫情而令人發笑的，比如某個倒楣蛋在打架的時候被人捅了屁股。你知道，那些擅長使刀的人，他們並不會願意為了哪個無名小卒就把自己搞成殺人犯，他們只捅屁股就夠了，有時捅屁股也會鬧出人命，比如不小心挑穿了股動脈——這沒辦法，畢竟是流氓，不是外科醫生。

刀把五沒死，他屁股上插著刀子一直送到了第二人民醫院。醫生問怎麼回事，我們說他不小心坐到了刀子上。醫生說，呸，我不知道這是被人捅的嗎？手術以後，刀把五堅持讓醫生把彈簧刀還給他，自此，彈簧刀就一直在他書包裡了。

化工技校89級機械維修班最耀眼的明星、煞星、喪門星就此誕生，他就是刀把五，他身上擁有實打實的兩條刀疤，都很嚇人。他爸爸砍的那條在手上，另一條因則在隱秘的位置，不太好拿出來示人。在特定的時刻，比如我們談到可哥，他仍然會露出一種奇怪的神色，彷彿驕傲，彷彿憂傷，然後舉起他的手，注視著自己的刀疤。大飛會一再提醒：拜託，屬於的可哥那條疤在你屁股上。

有一天，老虎也過來湊熱鬧。老虎打趣說：「刀把五，可哥現在看見你怕死了。因為你太勇猛了，你居然敢打司馬玲，你再這麼搞下去，可哥會遭殃的。」刀把五看著老虎說：「你說說，我們到底誰是慫包。」老虎很生氣，說：「好吧，我慫包，我們都是慫包，只有你不是。這總可以了吧？但是你不要再去給可哥惹麻煩了，紅珊瑚手串已經沒了，可哥不想為了它被人砍一刀。」

甚至是司馬玲，她都託人送來了兩百塊錢，算是湯藥費。因為司馬玲聽說這是個不要命的貨色，她也擔心哪天落單了被他在屁股上捅一刀。她畢竟是個女人嘛。刀把五收下了錢，低聲說：「我是不會用刀子去捅女人的。」

大飛說：「拉倒吧，抓她頭髮的就是你。你還以為自己是騎士了。司馬玲比可哥上路多了，而且更漂亮。」

刀把五說：「我只喜歡可哥，是她讓我去搶回手串的。」

大飛冷靜地說：「她讓你搶回手串，但並不想把火燒到自己身上。也許你應該在操場上就殺了司馬玲，把手串交給可哥，這樣你去挨槍斃，跟她一點關係都沒有。你願意嗎？」

我們整天遊蕩，無所事事。我們圍聚在少女可哥身邊的日子一去不返，她很快就去了溶劑廠實習。後來我們認識了很多女孩，馬路少女鬧鬧，紡織中專的悶悶，她們取代了那個冷酷心腸的可哥。刀把五有時也會參與進來，但他不太受少女們的歡迎，以前他囂張而熱血，自從挨了那一刀之後，他變成沉默陰鷙，沒人對他有好印象。有一天我們說到刀疤，悶悶說你們都是慫包，沒人真的挨過刀子。大飛就把刀把五的故事說了一遍。悶悶說：「屁股上有刀疤還真他媽的挺難辦的，以後只能威風給他老婆看了。」

這故事差不多就結束了，其實還沒有。那年秋天，我們的可哥在實習五個月之後回到了化工技校，她挺著一個微微隆起的肚子，懷孕了，而且不打算要打胎的樣子，於是她被開除了。她幸福地笑著，拿了開除通知書，從我們的眼前走過。我們喊她：「嗨，可哥，孩子爸爸是誰？」她笑而不語，兀自前行。有一個化學老師指著可哥罵：「賤貨。」她也沒有回頭，就這麼走了。我看到刀把五輕輕地嘆了口氣，啥都沒說。第二天晚上化學老師在一條小巷裡被個蒙面人捅了一刀，捅在屁股上，也沒人知道是誰幹的。

十七歲送姐姐出門

我們從硫酸廠溜出來，沿著門口那條破碎的柏油路，一直走到312國道口。這裡有一個急轉彎，著名的殺戮之地，每個月都會有騎自行車的人被過往的卡車撞死，或者壓得稀爛，變成社會新聞。每當我們走到這裡，都會感到風特別大，即使在這個陽光熾熱的夏季仍然有一絲涼意，彷彿那些鬼魂壓根就沒離開過，彷彿他們成堆地飄蕩在空中，唏噓著，抽泣著，或只是冷冷地瞪視著我們。

三個月前，我和大飛一起進了硫酸廠實習。身為戴城化工技校89級機械維修班的學生，我們很清楚，硫酸廠是個什麼樣的鬼地方。這裡很髒，這裡很大，這裡很荒涼，但它的效益還真不錯。在我十七歲的時候，人們總是使用「效益」這個詞，而在此後的那些年裡，那些熱門的詞會消失掉，彷彿他們從未使用過也從未在乎過，這真是奇怪。

揚塵迎面而來，大飛連吐了兩次口水，陽光照得人想死。我表姐莊小雅就坐在大飛的自行車書包架上，本來應該是我馱她的，但我的書包架上次被車間主任張小栓給拽壞了。我失去了好幾次馱女孩的機會，我應該殺了張小栓。

大飛可喜歡我表姐了。我們頭一天來到硫酸廠時，我說我表姐在這裡下基層幹苦工，大飛囂張地說：「讓我們去把她救出來。」我在這路口被沙子迷了眼，停車揉眼睛，大飛繼續囂張地說：「你要是停下，你就永遠得在這裡揉眼睛。」揚塵也是這麼吹進了他的嘴巴，他被嗆住了，像是被鬼魂掐住了脖子。接著，我們來到廠門口，小雅已經在那兒等了我很久，她身材嬌小，剪了個短頭髮，穿著肥大的工作服，兩肩掛著，高高地挽起袖子，像個革命少女。我找她要了塊手絹擦眼睛。大飛對小雅簡直是一見鍾情，他把手絹接了過去，諂媚地喊了聲姐姐。

「你怎麼用我的手絹擦鼻子？」小雅非常不滿。

於是這塊手絹就歸大飛了。大飛追姐姐真是太有一手了，他十六歲就在舞廳裡陪老女人跳舞，掙點外快，但是我並不想讓他成為我的表姐夫，這太可笑了。

我對大飛說，我表姐是戴城大學的應屆生，她本來應該去什麼機關裡看報紙喝茶的，但她運氣不好，進了這個倒楣的硫酸廠，第一年下基層。大飛說，她是幹部，會調進科室的。我說不一定，誰他媽知道明年會發生什麼呢，她們運氣都不大好。

「她爸爸媽媽是做什麼的？」大飛繼續追問。

「說出來嚇死你，他們大前年就去美國了，留下我表姐一個人在戴城瞎混。」

「為什麼她不去美國？」

「因為她年紀大了，超過十六歲，簽證辦不下來。」我說，「美國人規矩太大了，說不給簽就不給簽。」

「我表姨也在美國，她說她再也不用回來了，可高興了。」大飛點起了一根菸，他喜歡在硫酸廠裡抽菸。

於是我們遇到了張小栓，他是硫酸車間的主任，他揪住大飛的衣領，先是把他嘴裡的香菸拔了出來，扔在地上踩扁，然後破口大罵道：「你這個傻逼為什麼穿著火箭頭皮鞋在廠裡遊蕩？」

「因為勞動皮鞋硌腳。」大飛膽戰心驚地說，「我的腳型只適合火箭頭皮鞋。」

「換上你的勞動皮鞋！」張小栓繼續吼，大飛低頭哈腰一溜煙跑了。

我的自行車書包架也是張小栓拽壞的，我在廠區騎車，他發現了，這事兒和他沒有關係，應該是勞資科管的，但他覺得他是車間主任有必要管一管，就衝過來拽我的車，我他媽的差點摔死。我決定找機會卸了他。

那一年我們班所有的同學都散落在戴城的化工廠，參加學校安排的首輪入廠實習，彷彿第一次進監獄。他們在橡膠廠、炭黑廠、糖精廠為非作歹，打傷了好多人，像一群發瘋的暴徒，沒有人可以制止他們。但是天哪，只有我和大飛流落在這遙遠的硫酸廠，這個到處瀰漫著燒焦的糖醋魚的氣味的倒楣的地方。

那時候，我們到硫酸車間去找小雅，她費勁地拖著一袋原料，向反應釜那兒移動，沒有人幫她。灰黑色的車間裡，蒙塵的玻璃幾乎已經不透光了，白班和夜班沒什麼差別，到處都是管子，空間逼仄，像一艘潛艇，在深海中航行著。它究竟要去哪裡，它何時沉沒，沒有人知道，你看到的只是管道，聽到的只是嗡嗡的聲音，彷彿它沒有前行，而它確實沒有前行。

我們想幫她。她說，不用。她仍然拖著一袋一袋的原料在車間裡移動。我們坐在女更衣室門口等她。大飛看看女更衣室，說那板壁的縫隙夠伸一隻手進去了。然後，等小雅回來，我們就指給她看。

小雅說：「我換衣服的時候會關燈。」

可是那有什麼用，我們都知道有流氓打著手電筒朝裡看，也或者他們並不看，只是打著手電筒嚇唬她。那種情況通常發生在夜班，我和大飛實習只上白班，我們保護不了她。

我們在硫酸車間待久了，張小栓又會走過來問：「你們兩個傻逼在這兒幹嘛？」這時我們就必須低頭欠腰，做出很低賤的樣子退出車間，而我的表姐小雅，她並不害怕，她只是扭過頭去不看張小栓，目光注視著黑色的玻璃窗，那外面仍然是管道。她那樣子太高傲了。

大飛可喜歡小雅了，有一次我們去了她家。我表姐的閨房從來不給人進去的，但大飛進去了，他看到了牆上的一張照片，全是女生，擠在一堆微笑，因為失焦，她們笑得非常模糊，非常夢幻，非常固執。照片的背景是一幢漂亮的大廈。大飛問這是哪兒，我說這是上海，那背景叫中蘇友好大廈。

小雅給大飛削了一個蘋果，她打開答錄機，放磁帶給我們聽。那首歌叫〈別在窗前等我〉，我記得特別清楚，別在窗前等我，別再走入百里紅塵不醒歸路。有時候，硫酸車間的一個男工也會哼這首歌，他叫奚志常，我們猜到奚志常也喜歡小雅。

奚志常太瘦了，身上所有的關節都凸著，牙齒也不大好，雙目深深地陷入眼眶，顯得深情而陰鬱。奚志常經常蹭到小雅身邊來，他說她的名字來自《詩經》，而他念的是中文系啊。天知道，為什麼中文系的傻瓜會出現在化工廠裡，為什麼他在當操作工。可是小雅並不討厭他，也許他是這個廠裡唯一能和她談點文學的人吧，他們這些人都愛談文學。

張小栓會指著奚志常說：「瘦子，去拉原料。」他從來不喊奚志常的學名，好像這個車間裡所有的工人都不配擁有名字。有一次他喊小雅的綽號，這個綽號是他想出來的，小雅沒有理他。張小栓就對奚志常說：「中文系的，你過來，你想想看叫她什麼好。」奚志常說：「張主任，她叫莊小雅。」張小栓說：「好吧，來，背一背四項基本原則給我聽聽。」

我們也在小雅家裡遇到過奚志常，他顯得更瘦了，他哀愁地看著牆上的照片。大飛一點也不喜歡他，大飛說奚志常你好像很慫啊，我們來策劃一下怎麼弄死張小栓吧。奚志常嚇了一跳，說這麼幹是犯法的，會被送去勞教。大飛又表現得很狂妄，他說弄死一個人不需要讓派出所知道。奚志常說：「可是派出所總會知道的，沒人能逃過法律的制裁。」

事實上，不管法律制裁不制裁，我們都沒有更好的辦法。我說了，硫酸車間就像一艘潛艇，如果你把船長弄死，這艘船據說就會沉掉。其實它不是潛艇，但你以為它是潛艇，你根本沒有那個同歸於盡的勇氣嘛。

奚志常對大飛說：「你不要出餿主意了，我見過你這號的，出了事兒你跑得比誰都快。」奚志常也不喜歡大飛。

後來他說，在這個世界上他不喜歡任何人，他只喜歡小雅。我想他非常深情，我學了這句話泡到過好幾個女孩，直到連我自己都慚愧了，而小雅並沒有和奚志常在一起，她只想去美國。

我表姐是個非常文藝的人，她跟她爸爸一樣熱愛俄羅斯作家的小說，能背出很多超長的名字，全都是嘰哩咕嚕的。好多年前，別人家掛的是中國地圖，她家掛的是蘇聯地圖。她會拉小提琴，會唱〈三套車〉的「冰雪覆蓋著伏爾加河」，唱歌的樣子十分憂傷。可她爸爸最終選擇的是美國。這當然無可厚非，美元比盧布有勁多了，而那些俄羅斯小說，都留在了家裡，一本也沒帶走。

奚志常找她借書，借的就是《復活》。大飛說：「奚志常是中文系畢業的，他不可能沒看過托爾斯泰的書，他純粹找藉口勾搭小雅。」我非常驚訝，我不相信大飛會知道托爾斯泰，大飛是個粗人，並且他津津樂道於自己的粗鄙，從來不會為此慚愧。後來他承認，為了喜歡小雅，他也湊到了那些發霉的書脊前面假裝高深，儘管他看了《復活》立刻就會睡著，但他還是堅持著把托爾斯泰和普希金的名字背了下來。

有一天中午張小栓走進車間，大家都在吃飯，張小栓看見奚志常拿著一本《復活》，就說：「車間裡不許看書。」奚志常還沒來得及爭辯，這本書已經到了張小栓手裡，他用力翻了翻，在扉頁上看到了莊小雅的簽名。

「到底是你的還是莊小雅的？」張小栓問。

奚志常說：「主任，我只是把這本書拿在手裡，但我並沒有看啊。」

張小栓說：「我是很公正的，我沒收了一本書，就只能扣一個人的獎金，不能兩個人一起扣。這本書是誰的？」

奚志常說：「是我的。」

張小栓走了以後，奚志常被氣哭了，滿車間的人都一邊扒拉著飯盒裡的米粒，一邊對著他哈哈大笑。後來小雅走了進來，奚志常哭得更厲害了。

第二天小雅是早班輪休，奚志常跑到新華書店，買了一本嶄新的《復活》，然後來到她家。小雅不在家，我和大飛蹲在廚房的酒精爐前面，正搗騰一鍋速食麵。

「奚志常，你是慫逼。」大飛頭也沒抬，就這麼說了出來。

奚志常對大飛完全沒興趣，他只問我：「莊小雅呢？」

我說：「小雅去上海啦，她去辦簽證了。」

奚志常顯得非常驚訝，問道：「為什麼她要去辦簽證？」

「她每隔一段時間，就會去試著辦一辦簽證，」大飛奸笑著告訴奚志常，「只要她辦出簽證，她就會永遠離開這個鬼地方啦。」

奚志常想了想，認真地說：「如果她在辦簽證，你們嘴巴一定要牢靠些，千萬別告訴廠裡。她會走不掉的。」

在夏季來臨之後，有一段很短暫的時間，硫酸廠的所有設備都需要檢修，這時工人是不需要上班的，當然也不能閒著，廠裡分配給他們的任務就是搞衛生，各種各樣的衛生，你可以去沖廁所，可以去鏟石灰，如果你實在無聊也可以去洗一洗煤球，看能不能洗白了。

檢修時，一切停了下來，潛艇終於浮出海面，電弧的閃光在什麼地方亮起，帶著輕微的噝噝聲。車間裡那些年代久遠的窗子在很高的位置上，窗玻璃上結著厚厚的灰塵和油泥，由上向下，由中心向窗框，分別有著不同層次的灰度遞增。從很遠處看，那裡透出的光線十分美妙，有點像教堂，遠處鍋爐房傳來的低頻轟鳴甚至像風琴的聲音，讓你產生一瞬間的眩暈。

這時，工人們狂笑著湧了進來，檢修季節就如同一個短暫的假期，他們終於可以不用擔心產量和效益，終於可以不用像碉堡裡的戰士被鎖在重機槍上，他們變得活躍了，一個一個，像年畫上聰明健康的兒童般走了進來，手裡拎著水桶、笤帚和拖把。現在他們要把這個狗地方打掃乾淨。

小雅分到的工作是用一摞過期報紙去擦乾淨玻璃。她吃驚地看著高處，大概直到此時才意識到，它們是可以被擦乾淨的，但這份活顯得過於艱辛，這個車間裡有三百六十塊玻璃，等她全部擦淨時大概檢修期也已經結束了。她回過頭招呼正在掃地的奚志常：「去幫我到電工班借一把梯子。」

她踩著吱吱作響的竹梯，爬上去。奚志常非常擔心，他扔下掃帚，走過去扶著竹梯。小雅說：「奚志常，掃你的地去。」奚志常說：「隨它去吧。」他的頭上落著簌簌的灰塵，但他快樂極了。這時小雅尖叫了一聲，有一塊玻璃掉了下來，它可能早就應該掉下來了，但你不去擦它，它是不會掉的。整塊的玻璃從三米高的地方像砍刀似的飛下來，正落在奚志常的手臂上，他看了看手臂，玻璃斜著劈開了他的皮肉，立在那兒。血正在噴出來。奚志常咬了咬牙，對小雅說：「妳先下來吧，慢點。」

後來，保衛科來查這件事，奚志常什麼都不肯說。他想不起來到底發生了什麼，他失憶了，他不記得莊小雅曾經在梯子上站著。保衛科就說：「如果這樣，你就沒法算工傷了，一切醫藥費都按正常的來，病假得扣獎金。明白嗎？」

奚志常說：「隨你們的便。」

假如像硫酸車間的工人們猜測的，莊小雅會嫁給奚志常，那就大錯特錯了。莊小雅並不想嫁給任何人。有一天下午我和大飛去看她，發現她在收拾東西，把一件一件的衣服塞進了皮箱，又覺得不滿意，一件一件再扔出來。奚志常手臂吊著，看著她做這些，一言不發。答錄機裡一直在放著歌。

大飛問：「妳要去哪兒？」

小雅說：「簽證辦下來了。」

她可以去美國了。就像夏天的一朵烏雲飄過來，飄到頭頂，有時帶來暴雨，有時它卻慢慢地離去了，沒有什麼是確定的，但是當雨落在頭頂的一瞬間你將無處可躲，曾經等待雨落下的時間將會立即灰飛煙滅，變得不存在，而暴雨和雷電在你的頭頂，斬斷了你的一切猶豫彷徨。

小雅指著屋子裡的一切，對我們說：「喜歡什麼都拿走吧，我全不要了。」

奚志常和大飛真的站了起來，在屋裡兜了一圈，兩個癡心的傻瓜居然想到一塊兒去了，他們分別要了兩張小雅的照片。氣氛變得有點傷感了。奚志常嘆息說：「真是為妳高興。」我姐姐拍了拍他的肩膀。這個動作讓大飛嫉妒得想死。

在暑假來臨時，我和大飛也將離開硫酸廠，回到學校裡拿一張成績單，然後流落到街頭。我一想到暑假，就會心跳加速，我終於有時間可以追一追女孩了，我還沒談過戀愛呢，我想如果為心愛的女孩斬斷手臂，不知道是悲慘呢還是幸福。

大飛說：「可憐的奚志常，對他來說一切都結束了。」

三天後，小雅接到了勞資科的通知，讓她去郊區參加一個封閉式培訓，結業以後她就可以到車間裡去做白班了。小雅把我帶到了勞資科，這時我已經全身抽搐，口吐白沫，就差表演得更真實一點把尿撒在自己褲襠裡了。勞資科長嚇壞了。大飛奸笑著說：「路小路有癲癇症，他經常發病。」

勞資科長說：「真的嗎？」

我說：「不不，不是，我是肚子痛啊，我好像是闌尾炎發作了。」

勞資科長對小雅說：「我問妳真的是他表姐嗎？」

小雅說：「當然！」

這時大飛已經快笑出聲了，我躺在地上抽得就像跳舞似的。勞資科長揮揮手，對小雅說：「妳去車間裡請假，然後把他帶走。」

小雅說：「恐怕來不及了吧。」

我大喊道：「好痛啊，快要死了。」我在地上打了個滾，差不多要用嘴巴啃住科長的鞋子了。科長跳了起來，又揮了揮手。這時張小栓出現在小雅身邊，他疑惑地彎下腰，用腳踢了踢我。

「假裝的吧？」

我實在忍不住了，這夥人比較沒有人性，即使我是假裝的，但以我目前滿地打滾的樣子他們也應該讓我去醫院，而不是像看宰殺牲口一樣圍觀著我。這時我覺得自己的肚子真的痛了起來，我對張小栓說：「張主任救救我。」我試圖往他腿上爬，這次，張小栓也跳開了，他同樣對小雅揮了揮手，但是他又對大飛說：「你就不用去了。」

「張主任，是這樣的——」大飛最後一次諂媚地對張小栓說，「我認為莊小雅根本沒力氣把路小路抬進急診室。」

張小栓說：「那麼莊小雅就不用去了。」

我罵道：「大飛是個連東南西北都分不清的傻瓜啊，他根本不認識醫院在哪兒，他只認識舞廳。」大飛被我激怒了，他走過來用火箭頭皮鞋照著我的肚子上踢了一腳，這次我真的慘叫起來，並且放了一個很臭的屁，把他們都熏跑了。

我們三個人走到硫酸廠門口時，大飛把我從他肩膀上扔了下來，我坐在地上喘了口氣，然後告訴他，總有一天我會踢爆他的蛋。廠門口冷冷清清，鐵門鎖著，被陽光曬得滾燙，外面的灰塵簌簌地撲進來。我們推著自行車，小雅讓門房老頭開門，可是這個老頭，他非常認真，他認真得可以去死了。他要我們拿出勞資科的出門證。

「沒有，」我說，「我們沒有這個東西。」

「那我就不能讓你們出去。」老頭說。

我們沒法再回勞資科去開一張出門證，那會露餡。那個中午我們已經被自己的表演嚇破了膽，再也不想回到廠裡去了。我們求了很久，門房老頭拒不開門，最後大飛失去了耐心，他從口袋裡掏啊掏啊，彷彿是要掏香菸，然後走近老頭。老頭說：「不要賄賂我。」大飛說去你媽的，照著老頭的鼻子上打了一拳，把他從露天一直打到了傳達室的小床上，那張床是老頭長年累月睡覺的地方。天知道，為什麼有人喜歡住在門房裡。大飛騎在他身上繼續亂打，然後從他口袋裡掏出鑰匙，打開了硫酸廠的大門，我們跳上自行車揚長而去。老頭在後面大喊：「我要報警，抓你回來。」

「老子去美國啦！」大飛快樂地喊了起來，這時小雅已經跳到了他的自行車書包架上。

正像這個故事開頭所說的，一九九〇年的夏天，我們騎著自行車，穿過那條狹窄而破碎的柏油路，來到了312國道口。空氣中瀰漫著燒焦的糖醋魚的氣味，這種氣味曾經長久地存在於小雅的頭髮裡，不過我想她去了美國，就不會再這麼寒磣了。我為自己的表姐高興，我曾經非常喜歡她，儘管我一點也不瞭解她，甚至猜不出她此時此刻在想什麼。公路邊的草葉子上沾滿了灰塵，無數卡車呼嘯著經過我們眼前，只要穿過312國道，再過一座橋，前面就是小雅的家。我們順利地逃出了硫酸廠，莊小雅將會奔向一個美麗新世界，而我將奔向一個無所事事的、充滿冒險想像的暑假。我們穿過了國道，有那麼一個短暫的片刻，我們三個人同時回望，看著硫酸廠高大的穹頂設備，那兒冒著白色的蒸汽，像雲一樣。我們幾乎是被這個景象給惑住了，同時變得沉默起來。

我們提了行李，從小雅家裡出來，聽到急促的自行車鈴聲，那個悲劇性的男人奚志常追了上來。

「為什麼你他媽的就不能留在廠裡替我們打個掩護？」大飛吼道。

們眼前。

奚志常仍然吊著胳膊，單手把著自行車，他捏了煞車，然後歪歪扭扭地停在我們眼前。

「你們把門房給打了。」

「沒辦法，」大飛聳肩說，「最後一關總是要使用暴力的。」

「你們還嚷嚷要去美國。」奚志常說，「廠裡已經知道了這件事，他們派了人四處在找你們。有一些幹部正在找過來，還有一些往火車站去了，要堵妳。」

我那位高傲的表姐，剛才還鎮定自若，還帶著去往美國之前的夢幻表情，瞬間就嚇破了膽，她撒腿就跑，被我們三個人揪了回來。她都快哭了。

「我不能再回去了，他們會管住我的。我檔案什麼的全都不要了，這算不算潛逃？」

「這不算。」大飛說，「妳又沒犯什麼事兒，妳只是去美國。」

「可他們還是會管住我，他們以為我犯了什麼事兒。」小雅一屁股坐在地上，「我要去美國，我要去美國，我要去美國。」

奚志常說：「妳立刻去上海，立刻。」

這時已經有兩個鬼頭鬼腦的幹部騎著自行車出現在新村門口，數著房子上的號碼，但是夏季的濃蔭擋住了那些褪色的號碼，他們只顧抬頭看著。趁這工夫我們四個人一溜煙鑽進了樹林裡，直到他們真的走進了樓房裡，我們才躡手躡腳，搬著箱子，推著自行車，像賊一樣跑出了新村。我們折返到了橋上，遠處是312國道，天氣非常熱，再多站一分鐘我都會昏厥過去，然而我們竟想不出應該怎麼辦。

小雅猶豫地說：「我是不是應該躲幾天，然後再去上海？」

奚志常說：「不，我們都猜不到會發生什麼。到國道上去攔車，去上海吧，莊小雅。」

那個夏天留給我最深的印象就是站在國道邊，那是一無所有之地，周遭的一切都像是被陽光給轟炸過了，變得扁平，變得高光，公路上的卡車帶來了僅有的一點氣流，而它們屁股後面噴射出的汽油味讓我備感焦渴。我們像錄影片裡的美國人一樣，在公路邊伸出手，企圖攔下一輛向東開去的卡車，但它們怎麼可能願意停下？這讓我絕望，我想他們也很絕望，每當我想起那個夏天，這一印象就會從最深的地方跳出來：我們絕望地站在路邊，對著卡車和灰塵，對著漸漸向西的太陽，伸出手，彷彿我們是沉入了沼澤，而虛空中會有一個人來拯救我們，我們無聲地喊著救命，渴得眼淚都快流了出來。

下午兩點多時，我們看見一批從硫酸廠下班的早班工人，騎著自行車從眼前經過。他們沒注意到我們，但我們已然魂飛魄散。忽然，奚志常像是失去了理智，他撲向公路中央，張開右臂，企圖攔住一輛搖搖晃晃開來的卡車，瞬間傳來驚人的煞車聲，砰砰砰的，但是卡車速度並沒有減緩多少。它根本停不下來。小雅尖叫。我想奚志常真是瘋了，愛她愛瘋了。

當卡車逼近時，他才開始向後退，但是並不打算讓路。那車一直向前滑了二十多米才停住，從駕駛室裡伸出一個司機的光頭，指著他大罵：「奚志常我操你祖宗！」我們繞到車左側去看，奚志常沒事兒，而那個光頭司機，原來是硫酸廠的小曹。

奚志常跳到卡車踏板上問：「去哪兒？」

小曹說：「去上海運貨！操你祖宗！」

這下我們都樂了。奚志常說：「幫個忙，把莊小雅捎到上海去。」

小曹說：「你別以為我不知道，你們鬧事兒了，廠裡搞不清你們想幹嘛。」

奚志常說：「沒什麼大事兒，莊小雅要出國了，不想讓廠裡知道。」

小曹說：「出國就出國唄，你們居然還把門衛給打了。不過那個老傢伙我早就看他不順眼了，為什麼不打死他呢？」

奚志常從口袋裡摸出錢包，非常艱難地用一隻手掏出了所有的錢，給了小曹，然後說：「把莊小雅安全地送到上海去吧，這兒的事情我兜著，絕對不會出賣你。」

小曹接過錢，說：「我怕什麼？我早就不想幹了，秋天我就辭職去南方跑貨運了。我怕什麼？你說我怕什麼？」

奚志常笑了，「是的，你什麼都不怕。」他從踏板上跳下來，繞到車右側，打開了車門，讓小雅坐到副駕上。大飛把她的皮箱送了上去。然後，奚志常為小雅關上了車門。

莊小雅溫柔地說：「謝謝你，奚志常，還有大飛，還有路小路。」

我說：「你主要謝謝奚志常吧。」

莊小雅說：「我會永遠記得你的，奚志常。」

奚志常抹了一把臉上的汗水，他像是發愣了，我也不知道他那種表情算是什麼，也許是遺憾，也許是傷感。這時小曹大聲說：「莊小雅，我一直暗戀妳的，但是不敢說出來。能送妳去美國，我感到非常榮幸。」他發動了汽車，奚志常忽然大笑起來。這輛運原料的儲罐卡車搖搖晃晃地向東開去，兩三個小時後，它將到達上海，但我感覺它是不會停下來了，我表姐是坐著儲罐卡車去了美國。車屁股後面有醒目的兩個大字：危險！

直到那車消失了，我才對奚志常說：「結束了。」奚志常沒有回答我。我說咱們要不去喝點啤酒吧，奚志常仍然不說話，他跨上了自行車，獨自向西離去。他什麼都不想說，我沒再遇到這傢伙，沒人知道他去了哪裡。

這就是我表姐逃亡的故事。過了好幾年，她在紐約念書，打電話回來問我：「奚志常有消息嗎？」我說沒有啊，我甚至都沒有回硫酸廠去打聽一下，我後來分配工作的時候也沒選硫酸廠，我怕死那個地方了。

我活到二十四歲時變得身心俱疲，那時總算有一個女孩喜歡上了我，她比我大幾歲，也在化工廠上班。有一天我們幾個人在一起喝酒，大飛說，不知道小雅姐姐過得怎麼樣。我說我非常懷念奚志常，他是我見過的最堅定的情種，要是他長得帥氣一點，我姐姐還真不一定會去美國，也許就嫁了。大飛還是那個吊兒郎當的樣子，他故作沮喪地說，是的，老子輸給奚志常，這王八蛋把事情做絕了。

我女朋友說，其實小雅完全不必這麼逃走，因為說實話，廠裡最多只是問問情況，不會拿她怎麼樣，廠裡無權限制小雅的人身自由。我說是的，那麼逃走太傻了，但那天我們實在是嚇破了膽。大飛說，我還記得奚志常說過的那句話，你猜不到會發生什麼。他又補充說，你十七歲的時候猜不到，你二十四歲的時候也還是猜不到。

我說我一直記得有一年，小雅帶我去上海玩，她有很多朋友都在上海念大學，她們長得相當可愛。那個年代的大學生有一種神聖的錯覺，走在街上簡直是供人瞻仰的，這當然很不好，如果很過分的話會令人厭惡，但是她們並不討厭，還是很可愛的。也因為我是小雅的表弟，我木訥而喪逼，講話結巴，眼神可憐巴巴，特別招她們喜歡。她們之中偶爾還竄進來個把男生，非常興奮，做出很風趣的樣子，假模假式，一塌糊塗。我記得有個燙頭髮的男生還戴著墨鏡，盲人似的，他那個瘦了吧唧的樣子和奚志常特別像。這些人在學校裡發出巨大的喧譁。學校很漂亮，和我們那倒楣的化工技校完全兩碼事，我走了一圈就迷路了。我曾經想過，念高中，也考到大學裡去，可惜我們家太窮了，我媽連我的生活費都負擔不起，沒辦法，老子只能去工廠做學徒。如果不是因為這些亂七八糟的原因，我說不定真的可以念個大學呢，哪怕野雞大學也不錯，那可以讓我虛度時光，而不是像現在這樣為了下崗而發愁。

後來，我陪那些姐姐們上街，小雅也在其中。我們走了很遠的路，走過淮海路，走過人民廣場，走過南京路。她們越走越精神，我快累趴了，我穿了一雙硬底皮鞋，為自己的帥氣付出了代價。走到最後，我像一隻在熱鐵皮上跳舞的鴨子，實在撐不住了。其中有一個女孩拉著我和小雅走到一條夾弄裡，她請客，我們三個吃了碗餛飩，她吃不下，還勻了幾個給我。我坐在夾弄裡看風景，兩側的房子很高，全都是西式的，殖民時代的遺跡。那女孩說，走吧，繼續往前走。我說我真的走不動啦。那女孩說，你無論如何要再走一會兒，前面就是中蘇友好大廈啦。

於是我跟著小雅，還有那個女孩，忍受著腳痛，繼續走。我姐姐年輕的時候特別無所謂，大大咧咧的，她是進工廠以後才變得沉默高傲，奚志常也許很喜歡她的沉默高傲，但事實上，她不是這樣的人。她在延安路上走著走著絆了一跤，皮鞋都飛出去了，我替她撿回了鞋子她還在笑。我再回頭去找，那個請我吃餛飩的女孩，已經不知道走到什麼地方去了。

那時候小雅還留著長髮，她是進廠以後才把頭髮剪了。我跟著那一頭長髮，拐著腿走到了中蘇友好大廈，有好幾個女孩已經先到了，她們站在那兒等她。有人給了我一台相機，讓我幫忙拍照，無數女孩唏哩嘩啦地排成一行，取景框裡都裝不下。我搗鼓了一下，快門按不下去，旁邊走過來一個男生，把相機拿了過去，替她們拍了幾張照片。女孩們一起喊，茄子！我呆呆地站在一邊，看著他們完成了這個動作。

那次拍的照片，後來寄回到了小雅手裡，她把照片裝在了鏡框裡。這些女孩全都消失了，我再也沒有遇到過她們，即使遇到，也不會記得了。我對大飛說，那張照片不在你手裡，當年是奚志常拿走了。大飛說，便宜那小子了。我說，不不，這張照片可珍貴了，給了你才他媽是浪費，你完全不理解，也不可能理解，你僅僅是被她們超乎想像的美麗而震懾，然後感嘆一下時光飛逝，她們可能都老了，諸如此類。是的，她們當然會老，變得像歷史一樣可以被人指指點點，但這並不重要，重要的是你沒得到那張照片，它被奚志常帶走了而你根本不知道奚志常去了哪裡。

沒有人是無辜的

那是六月裡一次短暫的實習，我們在一家研究所，專門研究五金加工的，各種金屬如何切片，如何剁塊，如何壓扁。研究所離城很遠，我們班上其他學生都去了好玩的化工廠，只有我和大飛被發配到這裡。起初我們羨慕別人，後來別人又羨慕我們了，因為研究所雖然很無聊，但它畢竟乾淨、整潔，也沒什麼人來管我們。我和大飛每天找一個廖科長報到，上午在工廠間的台虎鉗上隨便銼銼鐵塊，下午就可以自由活動了。相比之下，那些在化工廠實習的同學差不多累成了一條狗。

當時我們是化工技校89級機械維修班的，我們不會修東西，也沒人來教我們。我們主要的任務是學好語文、數學、政治，還有其他機械製圖之類的很文藝的課目，這麼學下去我都替自己擔心，我必須認識一下什麼是銼刀了。

我和大飛經常溜出去，周圍確實沒什麼東西可看的，六月裡的荒草像噪音，四處亂長。陽光強烈，土地乾燥，到處都是灰塵。可是你知道這並不是最厲害的時候，這只是個開始，到了八月它們才會真的發瘋。

陳國真來視察情況。陳國真是我們當時的帶班老師，他四十多了還單身，有點憂鬱，冬天穿一件黑色的毛呢大衣，十分拉風。有好幾次我都想在小巷裡把他一棍子敲昏了，扒下他的大衣，穿著去找我最喜歡的女孩悶悶。不過，此刻是夏天，陳國真到夏天就矬了，他似乎沒有更多的襯衫，穿著一件地攤上的警用襯衫過來了。在一九九〇年，這種地攤警服滿大街都是，有時候你會看見一群穿警服的人在抓另一群穿警服的人。我從來不穿這種衣服，太不正經了，我媽看見了會哭的。

陳國真對我和大飛說：「我操你們倆的，你們怎麼能分配到這麼舒服的地方來實習？下個月你們倆給我去硫酸廠。」

我說：「陳老師，硫酸廠很遠啊。」

陳國真說：「這裡也很遠，操。」

這裡對大飛來說並不遠，他外婆家住在鐵路橋往外的新村裡，那兒盜匪橫行，馬路邊全是外地來的饑不擇食的人們，他們偷自行車，偷井蓋，偷電纜，偷一切可以到手的東西。即使是大飛這麼一個地頭蛇，也覺得有點受不了。

陳國真把廖科長叫過來，問了問情況。廖科長和我們很熟了，他的老婆以前是我爸爸車間裡的工段長，因此他說了我一些好話。比如我很熱心，我很有禮貌。陳國真像看外星人一樣看著我。廖科長隨即說漏了嘴：「路小路還經常派香菸給我。」

陳國真說：「操，你是技校生，你抽菸是要處分的，你他媽的居然還派菸？」

我說：「入鄉隨俗嘛，陳老師。」

陳國真說：「你他媽的真是一個做工人的料子，操。」

然後廖科長和陳國真閒聊起來，說最近治安太差，到處都是偷東西的人，研究所也遭殃了，他們的鐵塊鐵槓鐵皮，到了晚上就會有人翻牆進來搬走。要是再這麼偷下去，我和大飛就沒有金屬可銼了，只能銼石塊。研究所人手有限，連廖科長本人都參與到了值夜班的隊伍中，他希望我和大飛也能值夜班，因為我們看起來很剽悍，很能打，而且不太怕死的樣子。陳國真說：「操，現在員警都死到哪裡去了？員警但凡勤快一點，我這班級的學生就能抓走一大半。全抓走了更好。」然後陳國真又說：「這兩個學生你也看看好，雖然沒偷過鐵塊，但我要是沒記錯的話，他們偷過橘子，還把人店主的肋骨給弄斷了。」

大飛一直沒有說話，直到這時才低聲說：「操你媽的。」

陳國真陪廖科長喝酒去了。中午我和大飛翻牆出去透透氣，我們一致認為，研究所的圍牆上沒有裝鐵絲網才是招致盜賊的根本，那牆太矮。不過這不關我們什麼事，鐵塊全都偷走了更好。我非常害怕切割金屬的噪音，那大概是世界上最可怕的聲音。我們沿著水泥小路往前走，周圍都是荒草和樹木，道路起初貼著圍牆，後來漸漸分離，向著草叢伸出、延伸。大飛說往反方向走會比較熱鬧，那是我們每天上班必經之所，有什麼好看的？一點也不好看。我還是傾向於去陌生的地方。我們走了很久，腳下變成土路，能聽見火車的聲音，鐵軌橫在前方，它被高大的水杉樹擋住了。列車開過時，那些樹都在顫抖。後來我們走到鐵路橋邊，橋洞黑漆漆的，再往前走是什麼地方？

「前面什麼都沒了。」大飛說。

這種說法很可笑，前面怎麼可能什麼都沒了？總有一些東西。我們不可能這麼快地就走到世界盡頭嘛。

大飛說：「前面就是些窩棚，住著各種各樣你從來都沒見過的外地人。」

「外地人很可怕的。」我說，「他們什麼都偷。」

我們蹲在橋洞口抽菸，看著橋洞彷彿那地方馬上就會衝出來一群外地人。我想想很好笑的，我偶爾也和大飛去順點東西，水果啦，香菸啦，最大的一次我們偷了一輛自行車。但我們在此時此地竟然感到自己是正人君子，而黑色橋洞對面的外地人才是真正的、真正的、真正的小偷。

大飛很憂鬱地伸手，摘了一朵路邊籬笆上的花。

「不許摘我的花。」

我們回頭看到了那小子，他坐在一輛輪椅裡，用一雙仇恨的眼神看著我們。這種目光假如出現在城裡，會令他招致滅頂之災，但鐵路橋那邊實在是太荒涼了，而且他坐輪椅。

大飛很屌地側過臉，用耳朵對著那小子，「你說什麼？」

「不許碰我的南瓜花。」他說。

大飛看看手裡那黃色的一朵東西，「哦，是南瓜花。我摘了一朵南瓜花，就等於摘了你一個南瓜，是不是？」

「是的。」他說。他是外地口音。

我打量著他身後的房子，那是一個貼著橋堍搭起來的毛竹棚子，蓋著黑色的油氈布，裡面黑咕隆咚的看不清有什麼。只有那些外地人，他們才住毛竹棚子。南瓜藤就長在隨意搭起的籬笆上。

我還看到了他的輪椅，那是一張椅子加兩個輪子做成的東西，雖然做工很糟糕，但也夠他用了。他兩條腿上全都打了石膏。

「你的腿是摔斷的吧？」我說。

「你管不著，」他說，「你滾出去，這裡是我家。」

「我要是吃了你一顆南瓜子，你是不是會認為，我吃了你二十個南瓜？」大飛還在微笑著跟他說車轂轆話。

「等到秋天它就是南瓜了。」那小子指著南瓜花，固執地說。

「等到冬天它就什麼都不是了我操。」大飛嚷道。

我對大飛說別吵了，吵這個有什麼用，難道你真的喜歡和一個十四、五歲的斷腿男孩、還他媽的操著外地口音的，在這個鐵路橋洞邊上吵架？你自己也是這個年紀過來的，應該很清楚，十四、五歲的男孩，固執，傻缺，全世界都是他的。他這種仇恨的目光我見多了，發自內心同時又很像是表演。所有的小流氓都擅長使用這種眼神，其實它一文不值。

這時有一輛火車從我們的頭頂開過，沿著鐵路橋轟轟地向前。在它經過的那幾分鐘裡，我們都沒說話。然後，大飛走向他，用腳踹了踹他的輪子，斷腿的小子向後退去。

「你們不要碰我！」他尖叫起來。

大飛繼續用腳踢著他的輪子，「我就是要碰你，碰你，碰你。」

毫無疑問大飛是被激怒了，他一向認為自己是個瀟灑的男人，他很少被激怒。我靠著籬笆給自己點了根菸，看著大飛發飆，看大飛把斷腿弄到了地上，用鞋尖輕輕地點著他的腦袋。那小子尖叫著在地上爬行了一陣子，一會兒又翻過身，企圖咬大飛，但大飛敏捷地躲開了，繼續逗弄他。

「大飛你夠了，回去吧。」我說。

「過來幫幫我。」

「你打一個斷腿還用我幫嗎？」

「幫我把他的輪椅扔到河裡去。」

「你不如把他的腿再打斷一次算了。」

那小子真的慘叫起來了，這時他已經爬到了毛竹棚子門口。大飛輕蔑地一笑，順勢走了進去，然後我就聽見在黑暗中的大飛驚叫起來：「操他媽的，全是研究所的鐵塊啊。」我跟進去，眼睛盲了一下才漸漸看清，沒錯，研究所的鐵塊、鐵槓、鐵板，全都堆在這裡，上面還有用紅漆塗上的標號。除此以外我還看見兩張床，不，那也談不上是床，只是睡覺的舖位，被單大概有一百年沒洗了，很多飛蟲在漏光的地方舞動。我不知道誰能睡在這個地方，怎麼躺得下去。

「你居然說我摘了你的南瓜花。」大飛走過去擒住那小子，「你這個小偷。我會帶你去見員警叔叔的。」

那小子躺在地上看著大飛，過了好一會兒，他意識到自己應該求饒了。

「你們放過我吧。」他說。

大飛聽不見，大飛再次把耳朵側向他，並且很大膽地把手伸過去拍了拍他的臉。那小子再也不敢咬大飛了。

「爺爺，你們是爺爺，放過我吧。」

大飛朝我昂了昂脖子。是的，我說錯了，那小子並不固執，並不傻缺，並不認為全世界都是他的，那小子他媽的什麼都明白。我一下子感到無趣了，走過去踢了他一腳。

大飛拉了我一把。這時我抬頭才看到有一群男人從籬笆外面擺著雁翅陣型走向我們，手裡都拿著鐵棍。我數了數，六個。那小子立刻嚎叫起來。

現在我最好跳過中間那段吧，我後來能想起來的全都是像被血染紅的畫面。大飛被人制伏了，他跪在地上。那小子坐在地上打了大飛十幾個耳光，然後告訴那群人，他們偷東西的事情被發現了。其中有一個男人，他把大飛倒拖到棚子裡，大聲地與後面的人商量，是不是一棍打死我們，再一把火燒了這棚子。那夥人有點猶豫。大飛嚎叫起來：「爺爺，求你們放過我吧。」我被人踩住了，半邊臉在土裡，我根本說不出什麼話來。

我承認這是我十七歲時遇到的最兇險的事情，沒什麼的，我後半輩子還能遇到類似的場面，被人用刀指著腰，被人用火槍指著腦袋。次數雖然不多，但足夠我拿出來炫耀給朋友聽了。我後來才知道，其實被人用棍子打死是很慘的，很疼很疼，別人不一定會一棍敲碎你的顱骨，而是慢慢地敲，每一寸骨頭都敲開，把你敲成一條蛇。如果那次我和大飛沒被敲死，那還可以像烤肉串一樣，放在棚子裡燒成炭灰。我和大飛將會蜷曲著、黑乎乎地死在一起，那些女孩回憶起我們，不知道會說些什麼。在我們的墳墓上，不知道會不會長出一根南瓜藤。

我腦子裡充滿了不幸的預感，然後聽到一串自行車的鈴聲，然後有個人大吼一聲：「幹什麼的！」踩住我的那隻腳，忽然消失了，我在土裡趴了很久才跳起來。男人們不見了，斷腿小子也不見了（後來大飛說是他們背著他逃走了），我眼前站著陳國真，他已經喝醉了，警服的扣子解開了三顆。他坐在自行車上，一隻腳撐著地面，指著我們問：「操你媽的，你們又出來打群架了，是不是？」

「陳老師，」大飛哽咽著說，「陳老師，你媽的看起來太像是個員警了。」

陳國真說：「操你媽的。」

那天下午我們回到研究所，我和大飛都累壞了，大飛臉腫得不像樣子。廖科長過來探視了一下，並且讓我們向派出所的民警介紹了當時的情況，以及那一棚子的鐵塊。大飛語調淒涼，聲音發抖。員警寬慰了大飛一下：「放心，你再也不會遇到這群人了，除非你也進看守所。」

廖科長說：「上個星期我值班，有個小子打算爬進來，被我用鐵楨戳出了牆，他躺在外面慘叫。我估摸著，斷腿的那個就是他。」

我想了很久，基本上我腦子裡已經一片空白了。我說：「沒錯，那肯定是他，肯定的。他是一個，非常危險的，犯罪分子。」

賞金獵手之愛

我們都知道紡織中專的女生閆秀但我們沒有見過她。據說她有一顆突出的虎牙長在左邊，又有一個美麗的酒渦長在右邊，據說她左臂有一粒醒目的朱砂痣，只在夏季穿短袖的時候才能有幸看到，而她右手尾指的指甲長達一寸，時時能夠引起人們的注意。她不是馬路少女，關於這一點，我們感到既失望又慶幸。她的名聲像一條緩慢流淌的小溪，叮叮咚咚地傳到化工技校，後來有一天，她成為了傻彪的女朋友。傻彪是化工技校88級操作班的學生，也是那個班上最帥氣的傢伙，平時還愛看點言情小說，可是另一天，他殺了那姑娘，跟誰也沒打招呼就這麼逃走了。

員警沒能在第一時間抓住他，王警官來到我們學校瞭解情況，88級凡是和傻彪相熟的孩子都被叫去，問了些問題，提醒他們不要窩藏傻彪，最近在嚴打。實際上，那幾位學長嚇壞了，通常他們遭到盤問以後都會奮力吹噓自己的狂妄或鎮定，但這次，他們無聲地魚貫走出辦公室，表示他們都不認識傻彪，表示閆秀這姑娘死得非常冤枉，傻彪應該挨槍斃。事實上，誰說他不會被槍斃呢？

三天後，傻彪的通緝令被貼在化工技校門口，帶花的，也就是懸賞的意思，足足五千塊。這簡直匪夷所思，如果每個殺人犯都能值五千，那我們乾脆組織一個化工技校賞金獵人隊吧，反正我們活得很無聊，只想找人發洩發洩。哪怕兩千，我也幹了。

我站在校門口久久地看著通緝令，後來，傳達室大爺塞給了我一張全新的，上面還印著公安局的圖章，以及傻彪的頭像。劉志彪，十九歲，戴城化工技校88級操作班學生，身高一米七八，雙眼皮，案發時光頭，戴城郊區口音。其實這並不足以概括傻彪的特徵，他還愛看言情小說。

我把這張通緝令帶回家，塞進抽屜裡。有那麼幾天，我忘了這件事，直到某天下午睡覺，我竟然夢見了傻彪，在一個大禮堂，頒獎的場合，似乎是我做了什麼見義勇為的事情，然後學校把我調去念重點高中了，我再也不用為自己學徒工的未來而自卑，就在我接過獎狀的一瞬間發現眼前站著的是笑咪咪的傻彪，而禮堂空蕩蕩的，所有人都逃走了。我被這個夢嚇醒，在黃昏的光線下點起一根菸，從抽屜裡拿出通緝令，對著傻彪的頭像發呆。

「傻彪你想不到自己這麼值錢吧？」我朝著他那張模糊的、邪惡的臉上噴了一口煙。

同樣的，我聽說過白鳳新村的街心花園，但當時並沒有去過。它曾經是戴城三校生最愛去的場所，一共三十六棟房子圍著一個小花壇，有一座涼亭造到一半，後來，閆秀死在那裡，就停工了。未完工的涼亭在多年之後仍是那個樣子，遠遠看過去，像老街的牌坊。在街心花園最熱鬧的日子裡，這裡雲集著各路人馬，輕工技校、紡工職校，還有戴城最具特色的園林技校——該校專門給古典園林提供花匠人才。我們化工技校的人，偶爾也會到這裡來玩，看看他們踢足球，看看他們釣馬子，看看他們炫耀新買的太子褲。我們太矬了，一個沒有女生的學校是被人歧視的。直到傻彪幹了這一票。

有一天傍晚，我和花褲子來到白鳳新村，天還沒黑，周圍很安靜。我得先說明，我們純粹是瞎逛，並沒有任何企圖，但是當我們遇到刀把五和小癩這二位時，事情變得有點不一樣。這兩個人很興奮。

「傻彪就是在這兒用刀子捅了閆秀。」小癩說，「因為閆秀愛上了輕工中專的張敏。」

這些事我們都知道，完全不想再聽一遍。不過刀把五講了一件事讓我們都感到震驚，「有人看見了傻彪，他並沒有離開戴城，也可能是出去遛了一圈又回來了。」

花褲子搖頭說：「事情總是這樣。前年我表哥從西山勞改農場越獄出來，他哪兒都沒去，半夜溜回家打算吃頓飯，洗個澡。」

「後來呢？」

「員警在家裡等著他呢。」花褲子遺憾地說，「白癡總是這樣辦事的。」

刀把五陰沉地笑了笑。「如果傻彪撞在我手裡，」他走過去拍了拍涼亭的柱子，那兒貼著一張通緝令。「我要給閆秀報仇。」

「難道你認識閆秀？」

「不認識。」刀把五說，「傻彪殺了她，為她報仇不需要理由。」

我們都笑了起來。刀把五和閆秀之間沒有任何關係，刀把五喜歡的是可哥，不過可哥並不喜歡他。也許他只是在夢遺的時候見到過閆秀吧，那也夠可怕的。一想起那姑娘死在我所站的地方，我就渾身不舒服。「你像堂吉訶德。」我終於有機會炫耀一下自己的文學功底了。丹丹告訴過我，堂吉訶德就是一個神經兮兮的騎士，他瘋了，把風車看成是敵人。但我又想，難道發瘋的不是傻彪嗎？

「其實傻彪這個人不壞，他只是控制不住自己。」花褲子說。「我和他住一棟樓裡，我知道他，他爹媽特別老實，出了事以後他老媽已經嚇傻了。」

我並不關心這件事。這時刀把五已經走到了街心花園的另一邊，那裡有一個初中生模樣的小孩在路燈下玩足球，他試圖將球踢到電線桿上再彈回自己腳底，可是那球卻折到了刀把五身邊。刀把五用他的短腿踩住球，小孩走了過來，我看見他穿著一件國際米蘭球衣，大概是仿製的，但仍然很稀罕，因為滿大街都是那種紅黑相間的ＡＣ米蘭球衣而我一直想得到一件藍黑相間的國際米蘭球衣，我覺得後者比較飄逸。小孩看著刀把五，刀把五這個混蛋仍然踩著球，然後他伸出手，扠住了小孩的脖子。

「把衣服留下。」

那個赤裸上身的男孩跑掉以後，刀把五把球衣搭在肩膀上，掄腳踢球。我說過，他不會這個，他除了玩命啥都不會玩。踢疵了的足球在原地像陀螺一樣打轉，我衝上去開了個大腳，那球飛過路燈，劃了個弧線隱沒在夜空中，里傑卡爾德的腳法。刀把五重重地拍了我一頭皮。

「這球也是我的。」

我捂著頭，心想在這個地方和刀把五打起來，可能占不到便宜。花褲子就算看見我被打死也不會上來幫忙，而小癩會把我挨打的事情告訴身邊的每一個姑娘。我假裝這巴掌打得不是很疼，晃晃頭說：「走吧，等會兒那小孩會叫人來。」

可是那小孩回來得太快了。白鳳新村街心花園的鬥毆通常是這樣：有人挨揍，跑回家叫人，半小時後來一群人，而前面的事主早已逃得沒有蹤影；很少有傻子會站在原地等人暴揍。可是他媽的，那小孩回來得太快，他根本就是白鳳新村的居民。我只聽到他喊了一嗓子：「就是他們！」幾束手電筒光照向涼亭，聽到暗處乒乒乓乓的傢伙聲，我們四個人同時轉身，向街上跑去。後面的人緊追不捨，刀把五絆了一跤，倒在人行道上，迅速被幾個光膀子的少年圍住。對此，我感到很滿意。動物百科知識上說，斑馬群在受到獅子圍攻時，會有一頭見義勇為的斑馬主動留下來給獅子吃掉，保全同類。不管刀把五是否主動，現在他都光榮了。我在街上邊跑邊回頭看，並且發笑，後來我回頭看見小癩和花褲子都停在了原地，驚恐地看著前方。我再向前看發現一個姑娘手裡拿著根棒球棍，旁邊站著個一米九〇的大胖子，我煞不住自己，幾乎和她撞了個滿懷。那姑娘伸出棍子抵住我，露出可怕的笑容。

「來打劫啊？」她說，「這片兒歸我管。」

我認識她。她是紡工職校的小蠻婆司馬玲，她的名聲像天邊的暴雨，隆隆地傳到化工技校，如果你不介意被淋得濕透，不介意被她閃電式的目光劈成焦炭，那就像我一樣吧。我覥著臉，背著雙手好像是個偶像明星，憂鬱地開口說：「我們見過，去年耶誕節……」

那大胖子沒等我說完就扠住了我的脖子，然後把我往半空中提起來。這個動作使我像上絞架一樣雙足離地，舌頭伸得老長，雙手在空中無望地撲打。顯然他智力有點問題，我都快死掉了，他還在捏我脖子，發出快樂的笑聲。要不是司馬玲喝止，我肯定死了。

後來，當我們衣衫襤褸地往回走時，花褲子問了一個問題：「為什麼司馬玲沒有打你？」他們三個全都流著鼻血，刀把五更慘些，左眼充血，一顆臼齒鬆了，而我至少沒有見紅，僅僅是口袋裡的錢被人抄走了。我只好說：「去年耶誕節我去紡工職校玩，恰逢文藝晚會，我陪她唱了一首歌。小半年過去了，她還記得我。」

花褲子鬱悶地說：「可她卻不記得我了。」

「你們之間發生了什麼？」小癩問道。

「如果不是你們這群白癡，我應該能和她好好敘舊。」花褲子說，「現在啥都別問了。」

我們像四條遊魂走過深夜的大街，天氣有點冷，看不見什麼人。我很怕遇到巡邏的聯防隊，看見我們這個鬼樣子，甭管是不是受害人都會先拖到隊裡審訊一番，假如說錯話，賞一個耳光那算是輕的，有可能挨電警棍。自從傻彪殺了閆秀之後，全城管事兒的人遇見我們化工技校都不會手軟。

走了一會兒，他們臉上的血都乾了。到日暉橋上，刀把五和小癲往東走，我和花褲子往南走。說實話，平時我們關係並不怎麼鐵，但此時此刻竟然還有點惺惺相惜——我們一起挨了小蠻婆的打。

到花褲子家門口時，我問他：「你到底是怎麼認識司馬玲的？」

「她是我初中的學姐，我給她寫過情書。」

「後來呢？」

「後來她晃到我們班級，當著所有人的面看了看我，啥都沒說就走了。」花褲子憂傷地說，「那眼神沒法形容，就是這麼看的。」

花褲子在昏暗的路燈下盯了我一眼，可惜我什麼都沒看清，也就無從領會其中的深意了，更不能理解花褲子為之耿耿於懷的是什麼東西。當小蠻婆賞給他十七、八個清脆的耳光時，他沉默，既沒有哭喊也沒有求饒。你說說看，他耿耿於懷的到底是什麼東西？

為了找到那個令閆秀移情別戀的張敏，我和大飛可費了老大的工夫。換了以前，你只需要去輕工中專的排球場，就能看見那一雙雪白無毛的長腿在水泥地上蹦起落下，然而閆秀死後，張敏也消失了。我們短腿而多毛的大飛，想起張敏，十分不爽。他說張敏必須為閆秀的死負責，假如不是因為那麼帥，閆秀就不會愛上他，也就不會被傻彪捅一刀了。很難想像，常年在舞廳靠老阿姨掙錢的大飛也有了道德感，並且十分優越。

後來，我們找到丹丹，那一年，她正在和輕工中專的一名老師勾勾搭搭。她穿著牛仔褲獨自在街上看風景，眼裡全是被風吹出來的淚水，一瞬間，我原諒了她的背叛。我走過去發給她一根菸，她從口袋裡拿出自己的摩爾菸，並沒有接受我的好意。她學會了一種把左邊嘴角翹起來的微笑，右邊嘴角不動，近似於嘲笑。她的紅唇像一把鋒利的彎刀。

「閆秀是個可憐的女孩，」丹丹說，「如果你們找到傻彪，一定先打斷他的腿骨。」

「為什麼是腿骨？」大飛問。

「因為我摔斷過腿，我知道那有多疼。」丹丹不耐煩地說，「你們來找我幹什麼？」

「打聽打聽張敏的下落。」

「我憑什麼要知道張敏的下落，真是太可笑了。」

我和大飛各自抽菸，我等著他說出輕工中專的老師那一節，可能他也在等著我說出來，但最後我們誰都沒說。丹丹抽菸的樣子還是那麼美，帶有一絲不安。我們三個站在街上，令我回憶起從前的歲月，那時她才只有十六歲，長頭髮留到腰間，騎一輛破舊的女式自行車，不抽菸，天天跟我們念叨著要去省裡參加舞蹈選拔賽。後來，她騎車摔斷了腿。

「妳什麼時候去工廠實習？」大飛搭訕，「自從你們那屆停課以後，我們學校就沒女生了。」

「我已經實習了。」丹丹說，「在炭黑廠。」

「那兒出來的女工指甲縫都是黑的。」我說。

「臉也是黑的。」丹丹說。

「指甲縫比臉難洗多了。」

丹丹沉默，瞟了我一眼，抬起左手給我看，五個指甲蓋上都塗著血紅色的指甲油。她撂下我們，徑直穿過馬路，走向街對面。她過馬路時候從來不看紅綠燈，從來無視交通規則。有一輛轎車在她身邊煞住，她甚至都懶得看一眼，就這麼走了過去。

「過馬路要注意前後左右。」隔著街，我對她喊。

她轉過身，站在一個垃圾桶邊上，對著我璀然一笑，那模樣彷彿是剛剛從死神身邊走過。我懷疑她每次過馬路的時候都寧願被車撞死，像一個女堂吉訶德。

「輕工中專所有人都知道，張敏沒有跑遠，他請假了，躲在居建偉家。」丹丹同樣是隔著街，大聲告訴我，「他怕傻彪弄死他，街心花園殺人的那天他本來應該在場的。他運氣很好，未必能一直好下去。」

殺人抵命。命可以用來抵很多東西，比如你欠了一萬塊賭債還不出來，債主可以砍你一隻手，又欠了兩萬塊，債主可以砍你一隻腳。如果你樂意被人零零碎碎地卸掉，你大概能值十萬塊。這個邏輯應用到傻彪身上很不合理，他把自己最喜歡的姑娘捅死了，他要抵命，兩條人命加起來只值五千塊賞金。他本來可以把自己零零碎碎卸掉了換一輛小轎車的。

然而，即使是五千塊，也讓我們垂涎不已。十七歲這年，我口袋裡的零錢從來沒超過二十塊，更多的時候在七塊五毛錢以內，因為，只要超過這個數字，我就會去買一盒港臺流行歌曲磁帶，我還買過一盒帕格尼尼小提琴奏鳴曲，我覺得挺好聽的，但大飛他們說我是個裝斯文的白癡。我們所有人，窮，沒文化，消費欲望強烈但是得不到發洩，其他欲望就他媽的別提了。如果我有五千塊，我都想不出該怎麼花，首先我要買一條牛仔褲，堂而皇之穿進學校——我們學校穿牛仔褲每次罰錢五元，我可以穿到畢業；其次我要買一雙大飛經常穿到舞廳裡去的響底皮鞋，但最好皮子柔軟一些，不要像大飛那樣穿得腳上全是老繭，簡直可以去做赤腳醫生；再次，我想帶丹丹去一趟上海，看一場芭蕾舞或者現代舞或者孔雀舞，但我不確定她是否已經徹底忘記了跳舞這件事。

我被這些念頭折磨了好久，第二天當我獨自來到居建偉家樓下時，小蠻婆司馬玲正帶著大胖子走來。這真是嚇了我一跳，然而她似乎已經不記得曾經揍過我，就像她不記得曾經有一個給她寫過情書的花褲子。她只是拍了拍我的肩膀，仰起頭，努力想我的名字，好像我的名字在天上。那大胖子癡癡地看著我。我說：「我就是化工技校89級機械維修班的路小路。」

小蠻婆點頭，又拍拍我肩膀，說：「你在這兒幹什麼？」

我說：「來找居建偉，聽說張敏躲在他家。」

小蠻婆問：「你也找張敏？」

「因為傻彪逃走了，俗話說，殺一個也是殺，殺兩個也是殺，他一定還會來找張敏，把張敏幹掉。」我找了一輛自行車，坐在書包架上，我感覺自己要講的東西還挺多的。「如果找到張敏，說不定就能遇到傻彪，如果活捉傻彪，就能拿到五千塊的賞金。」

「五千塊是一筆大錢。」

「確實在我們這兒不常有。去年有一個姑娘被人潑了硫酸，員警只用了兩個鐘頭就抓住了兇手，他躲在一個公共廁所裡，後來槍斃了。像傻彪這樣的，能值上五千塊，也算是條漢子。」

「他根本不是男人。」司馬玲說，「他早就逃到外地去了吧？」

「據說有人看見過，他在城裡。」

「你確定能在這兒撞上傻彪嗎？」

我有點猶豫，我們技校也教一些統計學的知識，從大概率的角度來說，一點也不樂觀。「至少我在這裡撞上妳了嘛。」我說。

「你是個白癡。」小蠻婆把我從自行車上拽了起來，「現在，帶我去找居建偉，他家住幾樓？」

「503。」我老老實實地回答。

我們三個上樓後，大胖子對轉角處的一隻貓產生了興趣，站那兒看著。平淡無奇的白貓，有一條大尾巴，正舔著自己的爪子，顯然剛剛吃過了什麼，可能是老鼠。我也看著大胖子，我才不敢催他，怕他扠把我扠到半空去，那滋味不是人能受得了的。這時，司馬玲可能是為了解答我的疑惑，在一邊介紹說：「他是我表哥，小時候得過腦膜炎。」

「他應該去福利院。」

大胖子回頭看了我一眼，老天作證，那眼神根本不是智障，而是殺人狂。貓都嚇跑了。司馬玲趕緊說：「哎喲，咱不去，咱不去。」又告訴我說：「你可別在他面前提福利院，他分不清你講的是真話假話，他會殺了你。」

我聳聳肩表示已經嘗過這滋味。

我們繼續上樓，到了五樓，在居建偉家門口磨蹭了一會兒。他家沒有防盜門，我主張敲門，司馬玲完全沒有這個耐心，甚至不考慮居建偉家裡有沒有大人在，她打了個響指，大胖子一腳就把大門給踹開了，然後我看見居建偉和張敏兩人坐在電視機前，手裡各自端著一個任天堂遊戲機的手柄，表情錯愕，彷彿天神降臨在眼前。趁他們還沒反應過來，我搶先一步按住了居建偉，司馬玲左右開弓給了張敏兩個大嘴巴，張敏扔下手柄，跳起來就往陽台逃，被大胖子扠住了脖子。現在，我們這位輕工中專第一美男子、戴城著名男模（我差點忘記了，他還上過一次本地電視台），同樣掛在半空。我繼續按住居建偉，並向他解釋：「這不關你的事。」

居建偉說：「這他媽的是在我家裡。」

我說：「你就當是傻彪來找你麻煩吧，他要是出現，你已經死了。」

我們說話的當口，司馬玲對著張敏講了一連串的話，我費半天勁才明白。原來小蠻婆和閆秀是好朋友，在傻彪找閆秀談判的那個黃昏張敏也應該出現在白鳳新村的街心花園，然而這慫貨沒有到場，甚至閆秀死後，他也沒有出現在她的葬禮上。我覺得司馬玲真是棒極了，她講出了很多真理般的話，每一個做事不地道的男人都應該認真聽一聽，只是我不確定張敏在被扠住脖子的時候是否能夠聽得進去。後來，連我和居建偉都看不下去了，趕緊過去勸架。大胖子手一鬆，張敏掉在地上，癱了下去。居建偉拍拍他的臉，他立刻醒了過來，然後大哭。

「你把他留在家裡難道不覺得害怕嗎？」出門前，我問居建偉。

「我現在也覺得應該把他送走。」居建偉尷尬地說，「傻彪真要是來的話，張敏一定會把我推到刀尖上去的。」

「裝個防盜門吧。」我看了看踹壞的門鎖，「換鎖的錢讓張敏出。」

那天我們走下樓，小蠻婆意興闌珊，彷彿一切都已發洩完畢，沒啥可說的了。大胖子又去看貓了。我發給她一根菸，我們倆在街上抽菸。說實話，我認為沒必要揍張敏一頓，這個人已經被綁在道德的審判庭上了（這句比喻是我從報紙上學來的），打了他，他心裡也許還好受些。不過，他欠揍也是真的，就為他總是炫耀那雙大美腿。這時，司馬玲像是猜到了我的念頭，低聲說：「其實我就是想出出氣，閆秀死得太不值了。」

「打得好。」我只好嘆氣說，「如果我抓到傻彪就請妳來活剝了他的皮。」

後來，大飛知道我獨自去找張敏，他表現得非常不爽。我沒提小蠻婆的事情，我只說自己獨來獨往慣了。我們在瘟生家的錄影店裡看了一本老舊的西部片，講的是一個賞金獵手，用左輪槍打死了好多面目猙獰的傢伙，很應景。賞金獵手都是孤獨的，最多再帶一個助手，也就是廣東人說的馬仔，而我和大飛都太喜歡搶戲，誰都不可能去做對方的馬仔。

錄影放完後，我們在電視機裡看到了丹丹。那是炭黑廠一起生產事故的現場報導，有個車間燒了起來，這在化工廠而言，簡直家常便飯。我們看到穿灰色工作服的丹丹站在道路上仰望著燃燒的車間頂棚，大概是因為她長得太美，攝影師給了她一個大特寫。我幾乎看到了大火在她瞳孔中燃燒的倒映。

「這是她第二次上電視新聞了。」我說。

上一次是一年前，在全市中專技校歌舞比賽中，她連唱帶跳拿了個冠軍。電視台拍她的時候我就在她身後，我對著鏡頭探頭探腦結果被一個大鬍子導演給拽出了老遠。換了今年，我能把他的鬍子全都拔光，去年我真是太弱逼了。我一直記得在丹丹家裡等看新聞的場面，我、大飛、花褲子、飛機頭、刀把五、小癩，大概有十來個人，在丹丹出鏡的一瞬間我們全都發出讚美的嘆息，可她卻笑吟吟地說那個白癡攝影師沒把光打好，令她難看了百分之五。她的矯情總是讓人心碎。

「她應該去做女演員，而不是做女工。」作為倒閉錄影店的小掌櫃，常年研究各種不入流港臺錄影片的瘟生，這麼評價丹丹。

「退學退工都要賠錢給學校的。」大飛說。

「那也才三千，你在舞廳裡一個月就能掙五百。」

「今年漲到五千了。」大飛不耐煩地說，「你他媽的能不能別再提舞廳？你只不過是一個出租黃色錄影帶的小老闆的兒子，你一樣也掏不出五千。」

瘟生恬不知恥地說：「我要是有五千塊，就把丹丹從廠裡贖出來，然後和她談戀愛，然後讓她坐在這裡，天天出租黃色錄影帶給你們看。」

按理說，我們應該揍瘟生一頓，但此時此刻，我們竟都沉默下來，看著電視機發呆。我實在沒把握，萬一真有一個人把丹丹贖出來，會是什麼結果。最後連瘟生都覺得過意不去，發了兩根菸給我們。他說：「如果能抓到傻彪，你們就有五千塊了。」

有一天午休，刀把五告訴我們，他在體育場露天舞場看見了傻彪。這簡直匪夷所思，那地方只有一群風騷的中年男女，傻彪去做什麼？刀把五也迷惑起來，我們問他到底有沒有看清傻彪的臉，刀把五說他只看見了傻彪的後腦勺，眾所周知，在案發前，傻彪是我校唯一的和尚頭。

「但傻彪並不是戴城唯一的和尚頭。」大飛說，「你想想看，案發到現在已經一個多月了，頭髮已經長出來了，傻彪難道還有心情再去剃個光頭？」

「不僅如此，光頭很容易辨認，傻彪光著腦袋根本不可能去車站碼頭，那樣子太好認了。」小癩說，「他應該巴不得自己的頭髮快點長出來。」

「你為什麼不追上去看看他的臉？」

刀把五搖頭說：「我追了。」

「你沒追，你怕被他捅一刀。」

「我追了。」

「你沒追。」我仍然搖頭。

刀把五煩躁起來，一腳踢翻了凳子。說實話，這些話題都非常無聊，我純粹是為了激怒刀把五才這麼說的，接下來還有一招是嘲笑他腿短追不上。刀把五是一個上肢力量驚人而下肢非常孱弱的傢伙。但是，我不想再說下去了，我們開始討論丹丹的退學費問題。

「不，如果我抓到傻彪，我要把那五千塊全都給可哥。」刀把五叫囂道。

讓我想想，可哥，就是那個總愛戴著紅珊瑚手串的姑娘，她是丹丹的同班同學，她沒有丹丹那麼漂亮同時也不太好接近，她高傲的樣子只有刀把五視之為女神，她總是在有意無意地利用著刀把五的感情。關鍵是，可哥在溶劑廠實習，那地方很乾淨，效益也不錯，和炭黑廠相比簡直是天堂，請問有什麼理由去拯救一個生活在天堂的姑娘？我們集體嗤之以鼻。刀把五踢翻了另一個凳子，氣哼哼地走了。

「如果我能拿到五千塊，我就先把自己贖出去。」這時，沉默了很久的花褲子開口，並且聳了聳肩，「很可惜，我手無縛雞之力，也不打算為任何姑娘去送死。」

「丹丹說你活得太空虛了。」我搖頭說。

花褲子愣了一會兒，問：「什麼意思？」

「丹丹說的，不是我說的。」

「他媽的什麼意思，到底什麼是空虛？」花褲子大喊起來，踢翻了第三個凳子。

確實正如花褲子所說：傻彪、錢、姑娘，都僅僅存在於我們的幻想中。假如真的用賞金獵手的方式搏命掙到五千塊，更多可能是零敲碎打花銷掉，請我們認識的每一個姑娘溜冰唱K看電影，到頭來必將一無所獲。

但這些人裡，刀把五是個例外。

那年春天我們站在戴城火車站廣場，迎接蜂擁而來的上海人，因為，清明節到了，很多上海人的親戚都葬在戴城下面數十公里處的莫鎮、西山、白羊灣。由於人數太多，而且太嬌貴，市裡面給了我們學校一個任務——讓這幫殺胚一樣的學生戴上紅臂章在火車站廣場上維持秩序，那裡有一趟13路公共汽車去往鄉下的墓地，每二十分鐘發車一班，除此，上海人想去上墳就只有靠腳走了。

我們有點興奮，以前都是被那些戴紅臂章的人打，現在也能戴上紅臂章，每天發十塊錢補助，有權打上海人。後來上面又發話下來，上海人打不得，誰打人就把我們全體的補助都取消。後來我爸也說不要打人，因為清明上墳不全是祭奠，還有落葬，如果我們把火車站打得骨灰飄散，那將是一場災難。

我們不得不在凌晨三點起床，餓著肚子跑到火車站，站在寒冷的細雨中，那會兒天還沒亮，火車站廣場巨大的飛碟型照明燈在二十米高空照著我們蒼白的臉。第一批上海人從出站口湧來，背包的，捧花的，拎著滿袋子錫箔的，都沒怎麼睡醒，跌跌撞撞爬上首班13路汽車。我在人群裡認出了表姐，感到十分驚訝，並不是我表姐不該來戴城，而是她家沒有死人啊。後來她說是來祭奠一對葬在莫鎮的同學，車禍死亡的戀人（近似殉情）。表姐還帶了好幾個同學，可惜她無心和我閒聊。我幫她在13路公共汽車上搶了個座位，並且叮囑她，這是一趟暈車之旅，在顛簸十公里之後，車上將會吐得像是集體食物中毒。她表示，她的胃很堅強。這時車上已經塞滿了人，我不得不打開車窗跳了下去。我的腳崴了。

天色濛濛亮，還有很多上海人在排隊，等候下一班13路汽車。我坐在花壇邊抽菸，後來我看見一個戴鴨舌帽的人從眼前走過，往候車大廳方向去。那身影太熟悉了，我試探地喊了一聲：「傻彪？」那人狂奔起來，我沒法追他，就跳到花壇上大喊起來。從13路站頭那裡跑過來我們全體89級機械維修班的小崽子們，每個人都戴著紅臂章。我指著傻彪逃走的方向——他改變了路線，不再往候車大廳去，而是沿著鐵路圍牆向東狂奔，如果他有本事跳過圍牆爬上一列火車，他將永遠離開這座傷心的城市。

我那幫同學撲了上去，非常抱歉，火車站廣場禁止騎車，自行車停在很遠的地方，他們來不及回去拿車，全都選擇了徒步追擊。傻彪已經消失在深藍色的細雨或霧氣中。我坐在花壇邊繼續抽菸，只有花褲子沒追，他摘下紅臂章把玩著，我發給他一根菸。

「今天是閆秀落葬的日子。」花褲子嚴肅地說，「一定是她在冥冥之中讓你看到了傻彪。」

「可是我壓根不認識閆秀。」

「為什麼這個傻彪不去自首呢？」花褲子喃喃自語，「他應該自首，然後這事兒就結束了。」

天亮以後，我的同學們七零八落地走了回來。最先回來的是瘟生，他搖頭說根本沒看到傻彪的影子；第二撥是大飛他們，據說看見了傻彪的背影，但追不上，這孫子跑得太快；第三撥是大臉貓的戰鬥團隊，他們抱怨說早飯沒吃飽，跑了三公里之後腿抽筋了。我們都哀嘆這五千塊不好掙，員警來問情況時，大家都顯得既沮喪又亢奮。後來，我們班最擅長跑步的鐵三角搖搖晃晃走了回來，他顯然是追得最遠的那個人。

「不不，」鐵三角搖頭說，「刀把五還在追，他順著312國道一直追了下去。」

「連你也跑不動了，刀把五這個傻逼的毅力真是太強了。」

「放屁，老子怎麼可能跑不動？老子是市長跑隊的。」鐵三角翻了個白眼說，

「只是你們都不追了，老子一個人追上去很可能會被傻彪捅死。」

「你身邊還有刀把五，他比傻彪能打，也不太怕疼。」我揶揄道。

鐵三角頭一次同意了我的看法，他說：「刀把五一邊跑一邊還跟老子商量怎麼分錢的事，他認為如果由他一個人出手的話，獎金應該他拿大頭，老子最多只有五百。老子一聽就不幹了，隨他去吧。但這個傻逼真是太有毅力了，他都跑吐了，還在跑。」

「這是為了可哥。」大飛說。

那整個一天我們都在等著刀把五的消息，說實話，誰也沒指望他被傻彪捅了，那從大概率角度來說簡直是零，他既不可能是歡樂英雄也不可能是悲劇英雄。果然，下午三點鐘時，刀把五被一輛警車送了回來——他跑迷了路，在去往上海的公路上兜兜轉轉，試圖攔下一輛卡車回到戴城，結果被兩名卡車司機聯手痛打一頓。他的樣子有點慘。對可哥而言，她應該已經失去了得到五千塊錢的機會。

在這個牽涉了無數人的故事中，我還能提到我和司馬玲的又一次不期而遇，提到刀把五和可哥之間的決裂，以及丹丹在全市歌舞選拔賽中的失利，她放棄了一場不太光彩的跨校師生戀——所有這一切都像是故事的注腳，注腳擴展出的另一個故事卻並不在賞金獵手們的視野中，真正的獵手只想得到應有的酬勞。不過，沒人會預料到終結故事的人是花褲子，下面發生的事情全都是他告訴我的。

四月十號那天，花褲子騎著自行車到炭黑廠去找丹丹，那廠在312國道邊上，以自行車而言，得一小時車程。順著細雨沾濕的公路向東，道路兩側是剛剛變成綠色的田野，等你看到有一段路猛然發黑，從泥土到植物到天地間的一切都是黑色的，那就是炭黑廠了。花褲子把自行車停在廠門口，走進去，在某個車間門口見到了丹丹。她穿著淡青色的衣服，一名臉色發黑的老工人正在訓斥她。

「我不幹，我今天穿新衣服了。」丹丹說。

「妳今天就算是新娘，也得給我幹活去。」老工人脫下自己的黑色工作服，向丹丹扔了過去。這時花褲子正好走了過去，他擋在丹丹面前，那工作服兜頭撲在他臉上。

丹丹說：「我不幹了。」

她撂下眼前的一切，就這麼走了。老工人還在罵，意思是說，妳要是不幹，就等著賠錢吧。這時花褲子摘下了他頭上的工作服，歪著臉走到老工人面前，小模樣有幾分猙獰，同時他也注意到老工人是個左眼凹陷的獨眼龍，比他更狠。花褲子被工作服上的灰塵嗆了一下，他湊到老工人面前，瞇著右眼，用自己的左眼看著老工人的右眼，臉色慘白，後者感到了一絲驚恐，就像我在夢裡見到傻彪的樣子。

「你叫什麼名字？」花褲子問。老工人搖搖頭。花褲子把工作服展開，抖了抖灰，替老工人穿上，一個一個繫好了扣子。「有個扣子掉了。」他說，「回去讓你老婆縫上。」

「老婆跟人跑了。」老工人膽戰心驚地說。

花褲子點點頭，拍了拍老工人的肩膀說：「這個世界不會好了。」

他撂下老工人，在車間後面的水槽邊找到了丹丹，她正打開水龍頭洗臉。他靠在牆上，啥都沒說，靜靜地看著她。等她洗好，他遞上手帕，順便把自己的臉也沖了沖。

丹丹說：「我們已經很久沒見了。你是來找我的吧？」

「我在電視新聞上看到過妳。」花褲子說，「妳還是和以前一樣好看。」

「並不好看。」

花褲子甩了甩頭髮上的水，他問丹丹，什麼時候辭職或者退學。丹丹沒有回答，因為他那副鬼樣子顯然不是來送錢的，因為他的眼神看起來像是在同情她的際遇而她恰恰很厭煩這種眼神。

「前幾天路小路告訴我，說你曾經喜歡過紡工職校的司馬玲。」丹丹說。

「那事兒早就過去了，」花褲子說，「我喜歡的人是妳。」

「我也覺得你不會喜歡一個未來的擋車女工，可是我也只不過是炭黑廠的一個操作女工。」

這句話太刻薄了，既傷害了別人也傷害了她自己，聽上去更是在嘲笑花褲子。他不知道該怎麼回答，這時他終於像一個人生經驗有限的小崽子那樣，說出了一連串的表白之詞，說出了他對她的期望：妳應該繼續跳舞，妳會成為明星。可惜，這個話題並不討好，丹丹不需要別人鼓勵她，就像一個舞者在她養傷的時候並不需要掌聲。這一點連我都明白，我相信花褲子也明白，可他就是說了出來。「拉倒吧。」丹丹粗暴地說，「我現在只想離開這個鬼地方。」她失去了耐心，獨自往燒焦的車間那邊走去。花褲子跟了上去，他開啟了另一個話題。

「妳說我活得很空虛，為什麼？」

「我從來沒有說過你活得空虛。」

「路小路說，是妳這麼說的。」

「也許我說過，但是我不記得了。」丹丹說，「這事兒對你們來說也不太重要，你很空虛，大飛很弱智，飛機頭是個感情白癡，路小路天天在裝腔作勢。這他媽的有什麼用呢？說過和沒說過有什麼區別呢？」

她憤懣的樣子非常美，可她的憤懣究竟是衝著誰，沒人知道。花褲子只想搞清他是不是空虛，這件事如果放在我爸身上，他一定會說，人生本來就很空虛，無需追問。但是，如果你才十七歲，你一定會對著那姑娘追問下去，如果你永遠十七歲，你就會永遠追問。後來，丹丹被花褲子那份執著的喪逼勁頭搞暈了，也可能是真的有點傷感，她把他帶進了一間廢棄的倉庫，那地方的頂棚已經脫落了好幾塊，光線和雨水從上方同時落下，像個劇場。

「別再談我的事了，也別再談你。」丹丹說，她走到劇場中心，雨在她頭頂飄下。花褲子靠在二十米外的一根柱子上，遠遠地看著她。丹丹說：「這就是我經常來練舞的地方，這中間有一塊地方是木地板。」她做了一個簡單而漂亮的跳舞姿勢，用一種戲劇化的口吻向他念白：「靚仔，還記得我們以前的好嗎？」

我們的花褲子，他曾經和丹丹跳過舞，他的華爾滋和慢四步都是丹丹教的，這是他獲得的殊榮。他知道自己已經失去了她，這個「自己」包括我們所有人，因為那劇場中心的雨和光像一個很大很高的漩渦，正在把她吸到天上去。他負有的使命（同樣包括我們所有人）正在融化掉。他試探著走向劇場中心，卻聞到了左側黑暗處有一股強烈的尿騷味，他不相信丹丹會在有尿騷味的地方跳舞，於是朝黑暗處多看了一眼——傻彪從那個地方爬了出來。傻彪趴在地上已經不像人樣，但作為有十年交情的鄰居，花褲子還是認出了他，便駭然地踢了一腳，正中傻彪下巴。然後他聽到傻彪慘叫起來：

「不要再打我啦！」

後來，花褲子說，劇場中心的幻覺消失了，一切都回到了現實中。他和傻彪蹲在廢棄倉庫一角，後者亮出了他的殘腿。被我們追擊之後，傻彪逃進了312國道邊的炭黑廠，就在倉庫裡躲著，半夜裡，他想去食堂找點吃的，踩在了一根大釘上，把右腳給戳穿了，他甚至連拔出釘子的勇氣都沒有，爬回到倉庫裡，沒吃沒喝一直蜷縮在黑暗中。等到那傷口血痂凝結之後，釘子就更拔不出來了。

「如果你不來，我可能就餓死在這裡了。」傻彪說，「我爸媽怎麼樣？」

「你爸還好，他希望你跑得遠遠的，你媽前陣子有點受刺激，現在也好一點了，她希望這事兒不是你做的，是員警搞錯了。」

傻彪搖了搖頭說：「時間過去多久了，我可能真的沒殺她，我經常夢見自己殺人，然後醒過來。我逃跑的時候還在想著應該醒過來了。」

丹丹站在一邊冷冷地看著傻彪，她提醒道：「確實是你把那女孩弄死了，這不是夢。」

「我跑不動了，我想自首。」傻彪抽著花褲子發給他的菸，他虛弱的樣子在丹丹眼裡一文不值，「我要是自首了能少判幾年。」

「你還指望自己能坐牢？」丹丹說，「你應該及早去死。」

「自首可以抵罪，判無期徒刑。」傻彪對花褲子說，「你去給員警打個電話，就說我要自首。」

這個要求令人尷尬，簡直像玩笑，化工技校89級機械維修班任何一個人都會把傻彪打昏過去，送到派出所去領賞，而我在領賞之前也許還會讓小蠻婆來活剝了他的皮，或是照丹丹的建議，打斷他的腿骨。我到底有沒有這麼殘忍，自己也不清楚，但花褲子卻真的猶豫起來。他站起來，叼著菸，把丹丹拉到一邊。丹丹說：「這個人是你抓住的。」花褲子搖搖頭。這場爭執有點出乎意料。丹丹說：「你把他交給員警，就有五千塊了。」

花褲子說：「可是他說了要自首。」

「他自不自首都是槍斃。」丹丹說，「用他換點錢吧。」

「給他留條活路吧，嚴打已經結束了，他也許不會死，他老媽也就不會發瘋了。」花褲子說，「我會籌到五千塊錢給妳退學的，現在妳去打個報警電話，就說傻彪要自首。我在這裡看著他。」

花褲子講這話的時候，眼睛既沒有看著丹丹也沒有看著傻彪，他望著廢棄倉庫塌陷的頂棚，那裡正落下雨來。然後，他聽到自己的臉上傳來清脆的一聲，半截香菸飛了出去，跟著是一陣麻辣。我們的丹丹憤懣地看著他，直到他的眼裡湧出淚水，她才稍稍原諒了他。她獨自往倉庫外走去。快到門口時，她回過頭來，用一種令人懊惱至死的口氣告訴花褲子：「我才不要你的錢。」

等到丹丹離開，花褲子又抽了完整的一根菸，那簡直就像度過了完整的青春期。他踩滅了腳下的菸蒂，又沉思了幾秒鐘，想回過頭去找傻彪，發現傻彪已經站在他眼前。「我後悔了。」傻彪說，與此同時朝著花褲子的腦袋上掄了一磚頭。花褲子倒下的時候看見一群工人在血紅色的光線下湧進倉庫。半個月後，他腦震盪痊癒，右眼變得有點斜視，看什麼都是紅的。他說在倒下的一瞬間曾經想讓自己從夢中醒來，結果卻是沉睡了下去。他問公安局有沒有兌現承諾發給丹丹五千塊賞金。我告訴他，一共三十二名工人參加了抓捕傻彪的行動，每人實得獎金一百五十六塊二毛五。我們所深愛的丹丹已經離開了戴城，有人替她出了五千塊退學費，但你最好不要問他是誰。至於傻彪，在他挨槍斃的時候，那個夢將會醒來或是像你一樣更深地沉睡下去，誰知道呢？

為那汙穢淒苦的時光

這個稍顯粗鄙的故事就從我們的父親說起吧。我父親是戴城農藥廠的工程師，他擅長畫圖紙也很喜歡跳交誼舞，是戴城南區著名的跳舞老師，在他四十多歲的時候，比我看上去更像青春期小夥子。花褲子的父親是第二紡織廠的工會主席，他的主要任務不是組織工人示威遊行，而是讓其參加更多的娛樂活動以便身心健康、工作積極，尤其大齡青年舞會，二紡廠全是女工，在這種場合花褲子的父親必須經常假裝自己是未婚中年，陪她們在大禮堂蕩（dancing）幾圈。飛機頭的父親是一名個體戶理髮師，他擅長吹燙染剪，各種專屬於女性的花式髮型全都在他的掌控之中，有時候，對於那些太依戀他的阿姨們，他會帶出去跳個舞，但他絕不讓阿姨染指飛機頭，或是反過來。

相比之下，大飛的父親比較單調，他是一名卡車修理工。他日常最瀟灑的動作是躺在一塊帶小輪的木板上，然後把自己迅速地滑到卡車底盤下面去。他不會跳舞，對他來說，滑出來抽根菸再滑進去修卡車就是一種舞蹈動作。算了，大飛的父親是一條老實巴交的壯漢，我有點不好意思嘲笑他。現在說說大飛的老娘吧。

他老娘在南環一帶是出了名的嗜賭如命，但卻談不上是賭棍，因為賭棍總能贏點兒錢回來，而她平均每個月輸五百塊錢，放到現在來說，就是麻將館裡的一台提款機。那是一九九〇年，我爸爸這個正牌工程師月入不過六、七百，順便說一句，我爸爸除了舞王之外還是麻將之神，有一次他在牌桌上偶遇大飛他老娘，只打了一圈就把大飛家裡當月的伙食費都贏過來了，不過後來我又做主把錢還給了大飛。

大飛他老娘有一個很壞的習慣，輸光了錢愛把家裡的東西押上桌，他家裡也沒啥骨董字畫，盡是些日用品，大家並不稀罕，但看在她真的很想賭的份上，贏一個鬧鐘沒所謂，主要贏的是一種優越感，彷彿令她家徒四壁。對大飛來說，十七歲那年，除了窮得像條狗以外，他還得提防著有人（比如我）忽然拿出他老娘的胸罩和內褲來。

有一次他老娘把他父親的維修工具全都輸掉了。這玩意兒可是個好東西，我們那新村裡有上千號鉗工，誰還不想多一套趁手的傢伙呢？東西沒能要回來。他父親急了，暴揍他老娘四個耳光。在我們戴城，靠近上海的文化古城，打老婆是件挺忌諱的事情，尤為鄰里所鄙視，但當時大家聽到他老娘的慘叫，都說這個女人是該管管了。巧合的是，第二天他老娘竟然贏錢了。自此之後，她彷彿摸到了什麼門道，經常打來打去。另一天他父親生病發燒，他老娘為了轉運，從麻將館衝回家要求老公打她，他父親實在打不動，據說是大飛代勞，劈啪兩個耳光把他老娘打出了家門。他老娘衝到橋上要跳河，被大家救了下來。自此看破紅塵，賭性更大，連早飯都不給大飛做了。

這個荒謬之家的故事非常多，足夠拍一部肥皂劇。而我要講的是十七歲的大飛，他在化工技校念書，和我一樣，每個月有十五元津貼，在當時夠買兩包紅塔山香菸，或五瓶啤酒，坐火車往返上海一次，請姑娘去舞廳三次（舞票五元，姑娘免票）。總之，十五元可以歡樂一整天，而這個月剩下的二十九天你就得忍受著自己又窮又傻的事實，回到家吃母親們燒的飯菜。每個人都這樣，除了大飛，他連早飯都沒有，他老娘是人渣。

就這樣，大飛去了舞廳，起初他是看場子，每晚能掙五元。後來，他成了全校最有錢的男人。

這件事對我們的打擊很大。我、花褲子和飛機頭，我們各自擁有一個擅長跳舞的爸爸，但我們都不太會這個，究其原因是我們的母親太正派太嚴厲，既然已經有了一個心野的丈夫，就不能讓兒子也踏上這條不歸路。但是，大飛，他真的沒人管。

十七歲的大飛繼承了他父親的身材和相貌，粗壯有力，毛髮硬朗，像一棵仙人球。我知道有很多女人就是不愛種月季和薔薇，就是愛種仙人球，你有什麼辦法？這其中唯一期待仙人球能開出花來的，是一個叫明明的姑娘，她是旅遊中專的女生，她畢業之後應該會穿上漂亮的制服去戴城四星級賓館裡工作，可能是做前台，也可能是刷浴缸。我們見過她，雖然她不如丹丹、可哥或悶悶漂亮，但卻十分溫柔，有一種母性的美。缺啥補啥，我們的大飛對她一往情深。她唯一的缺點是花錢有點大手大腳，喜歡化妝品，喜歡首飾，旅遊中專的姑娘似乎都有攀比的習慣，但這對大飛來說根本不是個事兒，他有一個每月輸五百的賭徒老娘墊底呢。

但是在這個故事裡她並不叫明明，而是克利斯蒂安娜，因為她是戴城最早擁有英文名字的女孩，並且是和我們一起合計出來的。瑪麗、瓊、凱特、莉莉，所有這些外國女孩的名字寫在紙上，最後我們都認為克利斯蒂安娜更好一些，更特別一些，因為它用中文寫起來更長一些。當時是在一家飯館裡，英文名字敲定以後，我們開始吃飯。大飛專門為她點了一盤雞雜，她喝了半斤二鍋頭。是的，二鍋頭，她是我見過的第二個能喝白酒的姑娘，第一個是我媽。她笑咪咪地吃完了雞雜，而我們幾個男的吃著炒螺螄、炒雞蛋和花生米，飛機頭只喝了一杯就醉了，花褲子說這種酒很便宜，是土匪喝的。克利斯蒂安娜說，在北方，有錢人也喝二鍋頭。我問她是哪裡人，她說她祖籍是唐山，就是那個被八級地震敉平了的城市。她還講到自己的理想，就是穿著高級酒店的制服，做時髦的公關女郎，做時代的進步女性。稍微喝多了一點，她憐愛地摸了摸大飛的頭。這時飛機頭已經睡著了，花褲子直愣愣地看著她的手，大概想起了自己暗戀的某個女孩。克利斯蒂安娜的手越過大飛，也摸了摸花褲子的後腦勺，後者忽然情緒崩潰，大哭起來，把睡著的飛機頭又吵醒了。等到酒醒以後，花褲子說不清自己為什麼哭，只是偷偷告訴我，她的那一摸讓他終身難忘。

她本來可以成為我們這個四人小團體的大姐頭，畢竟，連最最桀驁不馴的我，都願意讚美她的溫柔和酒量，然而公關女郎的志向與之南轅北轍，她不是馬路少女，她沒有低級趣味。那一階段，大飛經常脫離小團體，獨自騎車守候在旅遊中專門口，那兒是戴城青少年最願意去的地方，有體育場和體育館，一條全都是賣流行服裝的街，音像店和舞廳，還有一家曼森咖啡館——一九九〇年的戴城，古舊的火車座咖啡館已經被淘汰，曼森咖啡館有一整套咖啡設備，服務員都穿著褐色圍裙，夏天開冷氣機。大飛就坐在咖啡館門口的台階上，抽菸，等待著克利斯蒂安娜從斜對面的校門口走出來。有一天，她出現了，大飛喊道：「克利斯蒂安娜。」她快速地走過來，臉漲得通紅說：「以後不要在大街上喊我的英文名字，別人會把我當神經病。再說，你念得太差了。」

旅遊中專的學生都愛修習英文，克利斯蒂安娜站在街上教大飛準確地念出了她的名字，然後又禁止他再念。

「那妳為什麼還要讓我（們）給妳選英文名字？」大飛鬱悶地問。

「因為只有你（們）不會笑話我，只有你（們）會當真。」

在大飛浪蕩而無恥的青春時代，他每一次喜歡上某個女孩都會聽見夏季發餿的西瓜皮從五樓掉落在水泥地上的聲音，他懷疑自己的腦袋砸上去也會是同樣的效果，現在，他聽到了遠方的風鈴聲，那懸掛在高處的、似乎永遠不會墜落的音樂，或是低語。那天，他騎著自行車，把克利斯蒂安娜送回了家，中間特意取道南環一帶，特意在亂哄哄的新村裡走了一圈。大家都看到了，並且把大飛他老娘從麻將館裡拽了出來，後者老大不願意，畢竟牌局還在進行中。大家就告訴她：你兒子帶著一個身材高眺的姑娘剛剛經過，有人認出那是旅遊中專的姑娘，你他媽的一個女賭棍也不知道旅遊中專是什麼級別的學校，從那裡畢業的姑娘都會去涉外飯店工作，最次最次的也是一個導遊，掙很多錢噠！大飛他老娘木然地想了一會兒，問道：這樣的姑娘會不會很花錢？眾人被她提醒，一起打了個寒顫。是的，錢。

我說過了，克利斯蒂安娜很愛花錢，買些零碎玩意兒，這似乎是她的缺點，可她花的是自己的錢，誰也管不著。我們的大飛站在一邊看她花錢（甚至有一次她還給他買了件運動衫），心裡暗暗著急，嘴上卻說不出來。畢竟他也是一個有勞動力的男人，為心愛的女孩去掙錢花錢都在情理之中，可是你知道，那是一九九〇年，一個技校生想出去撈點外快，除了打劫初中生之外，並沒有更好的辦法。有一次，我們學校組織去五金科研所參觀，大飛在地上撿到了十元錢，交給了班主任。

「你應該把錢留下。」我說，「撿到的就是你的。」

「錢是這樣一種東西：如果你撈偏門，你在別的地方就得收斂一些，否則，錢會跑掉。」大飛盡量心平氣和地解釋道，「我在這兒白撿了十塊，我老娘就會在麻將桌上輸一百。這就是錢的定律。別以為我是個好人。」

現在，在我們的故事裡出現了一個非常重要的東西，金項鍊。

那一天大飛和克利斯蒂安娜走到了祥記金店門口，克利斯蒂安娜隨意地晃進去看了看，說實話，那些黃金首飾款式老土，毫無新意，只有上了年紀的女人才會喜歡。可是她卻站在一節櫃檯前面，低頭發呆。大飛湊了上去，克利斯蒂安娜指著玻璃檯板下面的一根金項鍊說：「能不能拿出來看看？」祥記金店的營業員，是一個眼睛很毒的風騷老女人，她看出克利斯蒂安娜雖然時髦，但身上所有的東西都很廉價，講話也沒什麼底氣。至於那尾隨在她身後的粗壯少年，簡直一無是處，除非打劫金鋪，否則絕不值得多看一眼。這老女人就倨傲地告訴克利斯蒂安娜：「妳錢帶齊了嗎？這條24K的項鍊一千二百元，如果妳買不起，我可以給妳推薦一條14K的，那會便宜很多，一般人也看不出是真是假。」克利斯蒂安娜聽完這些話，轉身就走。

大飛是一個社會經驗豐富的男人，他理解了這種羞辱，但他不敢在金店鬧事，免得自己真的被人當成劫匪。他朝老女人臉上吐了口唾沫，在一片罵聲中逃到了大街上。

大飛追上克利斯蒂安娜，他以為她在哭，可是沒有，她僅僅只是站在街頭發了一會兒呆，然後淡淡地說：那個營業員綽號叫小靈芝，她是北環一帶著名的風騷阿姨，她是個街逼。那一刻大飛在克利斯蒂安娜眼裡看到了殺氣，他確信她會成為女白領（這個詞也是剛剛流行）。

故事就在這裡急轉直下，變成了粗鄙的笑話。那年夏天，大飛找到了一份活兒，在北環的舞廳看場子，整個暑假我就沒怎麼見到他的人，也不知道他具體在哪個位置。十七歲的少年去娛樂場所做保鏢是件危險的事，那時候的舞廳，早場和午場是中年人參加，尚且講點規矩，到了夜場全是些荷爾蒙旺盛的小青年，稍不如意就會把舞會變成打架、猥褻、搶劫的現場，如果為了一點小事就把員警喊來，那這舞廳很快就會被吊銷執照。看場子的保鏢必須用自己的拳頭來告訴鬧事的舞客：不會有員警來，今天你死定了。

然而我們的大飛儘管看上去兇悍、狂妄、粗壯，其實膽小而理智，他從不覺得拳頭能講清道理，他長成這副鬼樣子真的很可惜。當他跨上自行車去上班時，夏季的夕陽或是烏雲在天邊或是他的頭頂，看起來悲壯極了。他老娘會在麻將館裡向大家驕傲地宣布：我兒子已經可以賺錢了。大家很想提醒她，妳兒子是去給黑社會做打手，但大家面對這個女人已經無話可說。

有一天一個眼尖手快的阿姨在麻將台上指出，大飛最近出門穿的都是火箭頭皮鞋和一種十分怪異的飄飄褲。大飛他老娘猶不明所以，她只是覺得火箭頭皮鞋挺貴的，不如省下錢來給她賭一把。我爸爸在一邊，意味深長地說：「年輕人給舞廳看場子，總不免會玩一玩，不用擔心。」那阿姨也意味深長地說：「就看是什麼舞廳了。」總之，大飛他老娘是一句都沒聽明白，她只認識麻將，不認識社會。她後來腆著臉找大飛借錢，全在眾人意料之中。

九月開學那天，我們終於見識到了全新的大飛，他穿著剛剛拆封的硬領白襯衫，折疊紋路清晰，腳下是一雙棕色的火箭頭漆皮皮鞋，書包也換成了人造革公事包。他的褲兜裡裝著硬殼紅塔山香菸，襯衫兜裡插著一枚金色的電子打火機，最誇張的是他的飄飄褲，褲腰上打了十八個褶子，往褲襠裡再塞一隻公雞都沒問題。他就這麼走進了學校，被教導主任攔住，沒收了香菸和打火機，勒令脫下飄飄褲站在樓頂反思。天氣還沒有變涼，他的襯衫下襬蓋住了內褲，露出兩條剛剛發育出來的大毛腿，從平地向上望，別說是女生，就連我都有點不好意思。然而大飛在樓頂上抖著腿，眺望遠方，大聲唱起了他最喜歡的歌：

寂寞午夜別徘徊，快到蘋果樂園來！

也就是在那年九月，戴城最豪華的雅菲大酒店在西郊落成，它跨出了護城河大橋，離市區至少兩公里，對這座不太大的城市而言，兩公里足夠遠了。一條荒涼的六車道快速路從酒店旁邊經過，再往前走乾脆就斷了頭，幾台挖掘機懶洋洋地工作著，也不知道這條路會通往哪裡，前方是農田。

我們站在雅菲大酒店下面，它有二十層高，外牆米白，每扇窗戶都是天藍色的。在此之前，我只在上海見過這麼高的建築。後來，我們磨磨蹭蹭地走到酒店門口，克利斯蒂安娜站在旋轉門邊，她穿著湖藍色的旗袍，身上斜背著紅色的綬帶，雙手交疊垂放在自己的腹部。

「輕工局在這裡開會，我做禮儀小姐。」她換了個姿勢，懶洋洋地解釋。「大飛呢？」

「大飛去看場子了。」飛機頭說。

克利斯蒂安娜搖搖頭，在原地跺著腳。「我腿都腫了。」

「在這裡站一天能掙多少錢？」

「十塊。」

「大飛去看場子一晚上只有五塊。」

「我是為了到這裡來上班才做禮儀小姐的，」克利斯蒂安娜低聲說，「大飛難道想混一輩子黑社會嗎？」

克利斯蒂安娜不想再和我們談起大飛，有一個門童打扮的男人走過來喊了她一聲「明明」，我們全都識趣地退到後面。那男人笑著和她聊天，趁這工夫，我們三個人走進大堂參觀了一圈，在皮沙發上坐了坐。雅菲大酒店是五星級酒店，它不會像其他地方那樣趕我們出去。一些穿深藍色制服、胸口佩戴金色徽章的姑娘從我們眼前走過，克利斯蒂安娜穿著這樣的制服一定很像回事，旗袍不大適合她。與此同時，我想到了大飛的飄飄褲，我感覺他正光著兩條大毛腿飛到別的地方去，飄飄褲是他的翅膀。

我們再次見到大飛時，談到克利斯蒂安娜，他顯得焦慮起來，問我們，她還知道什麼。我說，她對你去做黑社會給人看場子這件事，似乎不滿。大飛努力吸著手指縫裡的菸頭，變得非常憂鬱，後來他又問起了門童。我只好勸解道：「你和門童沒什麼區別，你是舞廳門童。什麼時候帶我們去看看你的場子？你掙這麼多錢為什麼不請我們吃一頓？」

大飛再次提起了那根金項鍊。

「我要把明明喜歡的那根金項鍊買下來。」這一次，他也喊她「明明」了。

接下來發生的事情，出乎我的意料，卻被我爸爸一早猜中。中專技校每個星期三下午照例停課放假，由我們這幫人到校外去胡鬧。大飛在總務科的一堆破爛桌椅之間偷偷換上了他的飄飄褲，然後狂奔到車棚，跳上自行車遠去。他根本沒注意到我們在後面跟蹤，車速飛快，一直往北環去。

「有一次他說漏了嘴，他告訴我，那家舞廳叫春光舞廳。」飛機頭說，「可是我問了一圈也沒人聽說過。」

北環一帶有很多舞廳。大飛騎了很久，一直到靠近火車站的某條街，這裡很安靜，星期三下午不用上學的中專技校生們，正在一間門面敞開的遊戲房裡玩桌球、打魂斗羅街機。街邊也有三五個神情古怪的無聊少女，模擬著八十年代流行的吉魯巴，舞步鬆散，姿態很不入流。大飛沒有在這裡停留，他一直向前，到這條街的盡頭，一個丁字路口，然後他下車鎖車，徑直跑進了一個地下室。是的，這就是春光舞廳，它並不矗立在地表，它是一個用防空洞改造的娛樂場所。那時候叫做營業性舞廳，我覺得這個術語真是太棒了。

我們在門口抽了根菸，然後才晃進去，下午熾烈的陽光使我的瞳孔一下子適應不了，盲了好幾秒鐘。經過一條挺長的甬道，日光燈劈啪閃爍，兩側的牆上貼著流行的小虎隊、少女隊海報，一直往裡走，聽到音樂的聲音。舞廳門口掛著厚重的門簾，有一個禿頭男人坐在凳子上，他看了看我們。

「找大飛。」我說。

禿頭問：「誰是大飛？」

「就是剛才走進去的那個。」

「哦，」禿頭說，「他在我們這兒叫小帥虎。」

我和花褲子都笑了。飛機頭嚴肅地說：「我是化工技校的劉文正。」這時有兩個風騷的阿姨從外面下來，走過我們身邊，其中一個阿姨順手捏了捏飛機頭的耳垂，勾勾手指，然後她們就進去了。飛機頭大概是被電了一下（他當時還不知道自己的G點在耳垂），站在原地發呆。禿頭用邪惡的口氣說：「進去吧，她在等你。」

我們掀開門簾進去。

那舞廳和我從前所見的非常不同，最大的不同是，它黑漆漆的啥都看不見，沒有射燈，沒有球燈，沒有白熾燈，我們站在黑暗中不知道該往哪兒走。音樂輕柔，音樂中伴隨著女性低低的呻吟，和我們看過的毛片非常相似。花褲子說：「這可能是床頭音樂，用來催情的。」我想問，在這種音樂聲中，該怎麼跳舞。後來音樂停了，亂七八糟的呻吟還在繼續，我覺得自己掉進了一個巨大的春夢裡。花褲子說：「太奇怪了。」當我點亮打火機時，我們被眼前的場面驚呆了，首先我看見大飛就在我身前五米遠，他抱著一個阿姨，其次我看見飛機頭被一個阿姨抱著，已經挪到角落裡去了。這時大飛掙脫了阿姨，走到我面前，吹滅了打火機。

花褲子解釋說：「大飛沒有在看場子，他在做牛郎。」這時飛機頭那邊傳來呻吟，事情簡直亂套了。大飛說：「你們先跟我出去。」大飛箍住了我的隔壁，把我拽出舞廳，出去之後發現他另一隻手還鉗著花褲子的胳膊。禿頭在一邊淫笑，大飛一直把我們拽到了街上。

為了平復心情，我們在街邊點起香菸。花褲子同情地看著大飛，向我解釋說：「這種舞就是bo，用手摸的。」

我問：「bo字怎麼寫？」

花褲子說：「我也不知道。」

我們看著大飛，後來，我和花褲子實在忍不住了，全都笑了起來，簡直快笑昏過去了。大飛把香菸惡狠狠地扔在地上，用腳踩扁，大聲說：「不要告訴明明！」我們拍著他的肩膀，一邊笑，一邊說，是的，是的，不能告訴明明，不能告訴克利斯蒂安娜，也不能告訴你爸。

「你買到金項鍊了嗎？」花褲子問，「如果你買到金項鍊卻又失身在這個地方，那金項鍊又有什麼意義？你還不如買幾件新衣服，然後忘記明明。」

「她不想在戴城工作了，她要去南京，那裡的酒店更好。」大飛黯然回答，「金項鍊只是我送給她的一個紀念品。」

這下我們都笑不出來了，想到大飛將要永遠失去克利斯蒂安娜，我也有點傷感，又抽了一根菸。然後我們發現身邊似乎少了一個人。飛機頭呢？飛機頭還在那個舞廳裡。我們再次衝進地下室，這時飛機頭提著褲子從裡面出來了。禿頭問：「劉文正，射了嗎？」

飛機頭哭喪著臉大喊：「那個阿姨實在是太難看了！」

這就是我們十七歲那年勇闖春光舞廳的事情。出於好奇，我還想再去一次，但飛機頭說，千萬不要，可怕。至於可怕到何種程度，他不肯說，大飛也不肯說。後來可能是因為太可怕了，公安局把這舞廳整個抄了，那時大飛已經離開了崗位，他攢夠了錢，買了一根24K的金項鍊。然而不知道是誰說漏了嘴，全世界都知道了這件事。

這並不是結尾。

關於這種我始終沒看清全局的舞蹈，在一九九〇年代的戴城，暗暗流行。這種舞廳就像吃白事飯的館子，外表看上去差不多，要是誤闖進去，那可就算你倒楣了。後來我問我爸，bo是什麼舞，他含糊其辭，講不清楚。花褲子問他爸，挨了一個耳光。最後是飛機頭的爸爸告訴我們：這是一種極其下流的舞蹈，不知道是誰發明的，跳這種舞的都是一些欲望無處發洩的男人和女人，他們像野狗一樣在公開場合做這個，最後往往會付出慘重的代價，那就是身敗名裂，送去勞動教養。作為一個在風月場中遊刃有餘的理髮師，他認為大飛是被人陷害了，因為大飛只有十七歲，根本控制不住自己的欲望。這時，他摸了摸飛機頭的腦袋，語重心長地說：

「你要控制住自己。」飛機頭驚恐地看著我和花褲子，做了一個噤聲的手勢。我發誓，我不會把他的遭遇告訴任何人。

所以說，我們常年嘲笑大飛是個舞男，其實只是他生命中極其短暫的一段汙穢時光，他後來還是變成了一個正常人。春光舞廳是否在他的記憶中留下烙印，我不清楚，每當我回憶起它，總覺得是一個神秘的漩渦，會把我身上所有的汁液都吸乾，但吸乾了到底是啥滋味，我就想像不出來了。

我們沒有再遇到克利斯蒂安娜，戴城的秋季和冬季都十分乏味，有一些女孩經過我們身邊，那個身敗名裂的男人在很長時間裡都成為大家取笑的對象，就算是最正經的女孩看見他都會抿嘴一笑，這時你就會猜測，她們其實已經很懂人情世故啦。漸漸地，他變得無所謂了，他根本不在乎世俗的目光，就像他老娘一樣桀驁不馴地在麻將台上繼續輸錢。次年春天，克利斯蒂安娜寫信給他，約在曼森咖啡館見面，她即將啟程，離開戴城。

大飛獨自一人來到了曼森咖啡館，外面下著雨。現在，大飛是化工技校最有錢的男人，儘管他已經不再做舞男，但他結交了一些神秘的阿姨，她們中間很多人都能幫他時不時地掙一份外快。他坐在曼森咖啡館裡，就像一個打手、小開和舊情人的混合物，等待著克利斯蒂安娜的出現。他還點了一壺咖啡，然後掏出硬殼紅塔山香菸，高傲地吸了起來。他的兜裡藏著那根金項鍊，裝在一個紅色的絲絨小盒子裡。他決定把這份特殊的禮物送給克利斯蒂安娜，那到底是項鍊還是鎖鍊，實在也沒人能搞清。

他在靠窗的座位上坐了很久，店裡只有他一個人，克利斯蒂安娜一直沒來，雨也沒停。他慢慢地喝完了一壺咖啡，不知道該怎麼加糖加奶，那滋味不太好，但還是堅持喝了下去。他想，等克利斯蒂安娜出現以後，啥都不用再解釋了，放下禮物，放下一張鈔票，他就走進雨中。後來他發現自己抽掉了足足十根香菸，心臟發出咚咚的巨響，尼古丁和咖啡因混合起來在他的血管裡起了反應，他站了起來，臉色煞白走到櫃檯前面，那女服務員還沒來得及說話，他就一頭栽了下去。

大飛沒能見到克利斯蒂安娜，事實上，她出於某種原因，爽約了。我們在醫院裡見到他時，他已經醒了過來，心臟又恢復了正常跳動。飛機頭說：「你可能是腎虧，你要注意保養了。」

大飛點了點頭，他的手伸向椅子上的外套，試圖摸出那個絲絨小盒子。這根金項鍊是他賣身換來的東西，即使沒能送給克利斯蒂安娜，也應該留下，送給他將來的老婆。他有點傷感，卻摸了個空。在我們到來之前，這根項鍊被他老娘翻了出來，偷偷帶走，當晚押到麻將台上輸得無影無蹤，他也就沒什麼可傷感的了。

為悶悶寫下的六頁紙

有人覺得哀怨嗎

紡織中專的女孩悶悶，身高一米六，杏眼紅唇，嘴角有一粒痣。她似乎愛上了化工技校的男生，矢志不渝地想要和他們成為朋友。等到我們班四十個男生入學之後，悶悶算是開了眼界，她想賜給我們每人一個初吻，這念頭絕對瘋狂，照理不應該說出來。後來她不承認自己說過這話，也許是其他女孩在編派她呢？

紡織中專是一所爛學校，它隸屬於紡織系統，同一校園內還有紡工職校，那就更差了。中專畢業畢竟是幹部編制。後來我們算了一下，按中考的成績，我們班有三分之一的人都可以去紡織中專念書，並且，那學校非常歡迎男生加入。為什麼我們當時竟沒有選擇它，偏偏選擇了低一個檔次的化工技校？顯然，我們對紡織行業充滿了偏見，而對化工行業充滿了無知。

我們所知道的，悶悶的班上只有三個男生，一個綽號叫太監，一個綽號叫公公，還有一個我想不起來了，大概是鴨子。這三個男生每人擁有一打以上的女朋友，簡直把我們羨慕死了。而悶悶，她不屑地說，那三個男生很快就會和她們一樣來例假的。措辭十分粗俗，不再展開。

她告訴大飛，自己的偶像是劉松仁。大飛讓她換一個年輕些的，劉松仁看上去有點老。

「只有你才老。」悶悶說。

我們蹲在戴城音像社門口，那裡賣正版磁帶，高大的梧桐樹遮住了陽光。一些狂奔而過的同齡少年像是在被人追殺，另一些，則有氣無力地騎著自行車，車龍頭左右搖晃，你在他們身上看不到一絲朝氣蓬勃的樣子。只有我們，圍在悶悶身邊，感覺相當不錯。她的嗓門大極了，她要偷走音像店牆上的劉松仁海報。

「劉松仁並不是一個歌星，請問他的海報為什麼會在這裡？」大飛問。

「你有意見嗎？」悶悶反問。

大飛靠在音像社的櫃檯上，再次向裡面張望，營業員阿姨指著他說：「要買磁帶就買磁帶，不買就滾。」大飛指指海報，表示他願意花一塊錢買下它。那阿姨說：「白癡，這是國營店。」這時，悶悶就走了過來，向大飛解釋，國營店意味著它是計畫經濟下的產物，它賣出去的每一樣東西都必須能夠入帳，而海報是非賣品，入不了帳。

「否則的話，你可以把這阿姨都買下來。」悶悶說完這個，那阿姨抄著手裡的掃帚就往外衝，我們全都逃走了。

我們回到化工技校門口。這時我多嘴說了一句：「其實昊逼長得滿像劉松仁的。」花褲子和飛機頭一起看著天，思量了一會兒，點頭表示同意。大飛搖頭說：「昊逼是個結巴。」可是悶悶已經被我的話點燃了，她簡直按捺不住自己蕩漾的心。

「誰是昊逼？」

「就是我們班成績最差的那個。」大飛介紹說，「而且他真的是個結巴。」

「我不管，我要見他。他真的很像劉松仁嗎？」

我們一起點頭。

「把他叫出來，我要和他發展一段感情。」

我們跑回教室，找了一圈，最後又回到校門口，告訴悶悶，昊逼因為發燒而病假，他身體弱，經常頭痛腦熱不來上課。大飛又陳述了一次，對，沒錯，他是個結巴，成績很差。

「我不管，我只要他像劉松仁，盡快安排讓我見他，否則你們就別想再見到我。」

第三天，也許是第四天，昊逼來上課了。他是我們學校著名的半殘廢，在十七歲時，他的頭髮已經花白，並且留得很長，遮住了一個眼睛，到達了校規的極限。午飯時間，我們圍住了他。我看著他露出來的那個眼睛，告訴他，有一個烈焰紅唇的美女想要見他。昊逼是個結巴，他還沒講出一個完整的句子，我們就失去了耐心，往他頭上蓋了一頂棒球帽，隨即把他架出了校門。

「她不會把你怎麼樣，最多奪走你的初吻。」大飛說。

我們再次來到音像店前面，劉松仁的海報還在，悶悶無聊地靠在梧桐樹上，既不抽菸，也不唱歌。我們把昊逼拖過來，扔在她眼前。說實話，對比海報，他比我們中間任何一個都像劉松仁。悶悶上下左右打量著昊逼。

「真的有點像。」她說。

「我不會騙你。」

「你不要說話，讓他自己說。」悶悶制止了我，然後，繼續研究昊逼。「你叫什麼名字？」

我們的昊逼真的緊張起來，他從來沒有被一個姑娘湊得這麼近的打量過，他感覺自己是在經受一種奇異的刑罰，那會讓他講出有生以來所有的傷心事。可是，他結巴了，他連自己的名字都說不出來。

「真的是個結巴耶。」悶悶讚賞道。

我們一起靠在牆上，大飛點了根菸，我們四個人輪流抽著。一些無聊的少年們在濃蔭下狂奔而過，多麼無聊的季節。我們打算抽完這根菸就離開，把昊逼留給悶悶。這時，悶悶伸手摘掉了他頭上的棒球帽，然後我們聽到了一聲尖叫，街角分貝器上的數字直接跳到了80。

「你的頭髮為什麼是白的?!」

「我天生噠！」昊逼也大聲喊道。

悶悶一把揪住了昊逼的頭髮，致使他的兩隻眼睛全都暴露在日光下。接著，她把昊逼直接拽到了音像社的櫃檯前面，再次用力揪他的頭髮，讓他看著海報上的劉松仁。櫃檯裡面那阿姨已經嚇得不敢說話了。

「你這個騙子！你老得就像劉松仁過氣時候的樣子。」

初見你的星

在化工技校門口，悶悶等著我們。她從書包裡翻出一本書，那上面畫著很多奇奇怪怪的圖樣，像鬼畫符似的。顯然，我們都不愛看書，對少女們所喜歡的言情小說完全沒興趣，正想一哄而散，悶悶用她的高分貝嗓音重新聚攏了我們：

「操你們全體的，跑什麼？過來看書！」

我們不得不把注意力回到那些鬼畫符上。悶悶介紹道：「這是星座，你們他媽的聽說過星座嗎？」我們一起搖頭，這其中我是最有文化的，我讀過托爾斯泰的小說；飛機頭是最見多識廣的，他去過廣州；花褲子是最深沉的，所有搞不清的問題他都能自圓其說；而我們那位鍾情於悶悶的瀟灑男人大飛，在她面前，他無所不知，他把內褲撐破也絕對不會承認自己是個無知的男人。現在，這四個男人一起搖頭。悶悶得意極了，她告訴我們：「這是臺灣的書，這本書講的是星座，世界上一共有十二個星座，而你們每個人都有一個星座對應，就像你們的屬相。」

「我屬牛。」

「我屬牛。」

「我也屬牛。」

我們三個說完就想溜，只有大飛屬老鼠，他正在翻看著星座之書。

「操你們全體的，」悶悶繼續罵，她總是這麼罵。「星座是按每個月來分的，而且不是月頭月尾，是從中間分起的。所以，想知道你們是什麼星座，必須到我這本書上來查。」她很興奮，一把從大飛手裡抽走了書，讓他看著自己的手指足足三秒鐘。「把你們的生日報出來，我來告訴你們星座。」

「我為什麼要知道這個？」花褲子厭倦地說，「知道了又有啥用？」

「你他媽的為什麼總是一副陽痿的樣子？」悶悶很掃興地問。

我只能打圓場，「花褲子剛剛被學校評為年度資產階級自由化落後分子，他不但違反了學紀學風，而且在教育局抽查的時候竟然沒有背誦出戴城技校生十二項紀律，他居然還耷拉著臉問校長為什麼要背紀律。校長給了他一個耳光，他現在心情很不好。」

「太可憐了。」悶悶伸手，在大飛的注視下撫摸了花褲子的左臉（其實校長打的是右臉），「我知道你是二月二十八日生的，你是雙魚座，排名最後一位的星座。你註定遭遇到這種倒楣事兒。」

「這他媽的跟我是雙魚座有什麼關係？」

「雙魚座的男人是最爛汙，最靠不住，最糊塗，最神經質，也最有藝術氣質。這是書上說的。」趁著花褲子回味的工夫，悶悶轉向了飛機頭。「你呢？」

飛機頭說：「我中秋節生的。」

悶悶翻書，然後才反應過來，中秋節是陰曆。她又罵了一通，讓飛機頭好好回憶他的陽曆生日是哪天，然而飛機頭卻想不起來。

「我年年都是中秋節過生日的啊，我哪記得陽曆是哪天？」飛機頭哀嚎起來，「我他媽的從來沒吃過生日蛋糕，從來吃的都是生日月餅。」

「你這個陰陽人。」悶悶罵道，「現在我查清楚了，你可能是處女，也可能是天秤。」

這讓我們一起大笑起來。飛機頭繼續哀嚎：「什麼他媽的處女？我怎麼可能是處女？」悶悶用手裡的書拍打飛機頭的腦袋，罵道：「處女星座！然而也可能是天秤星座！你這個臭流氓。」

「那麼請問我到底是個什麼樣的男人？」

「差別太大了，」悶悶嚴肅地說，「處女座的男人非常嘰嘰歪歪，看什麼都不順眼，什麼都不想要；而天秤座的男人看什麼都很順眼，看什麼都想要。所以你最好搞清楚自己的陽曆生日是哪天再來問我。」

現在，輪到我報生日了，我剛說出口，悶悶就跳了起來：「你是人馬座！」我有點發呆，搞不清她為什麼這麼興奮。「人馬座就是人頭馬，就是XO，非常帥氣的星座，和我最相配，我是天蠍座的！」

她這麼一說，我倒不好意思起來，儘管她解釋了人馬座和天蠍座的各種性格要素，但是說實話，我情願找另一個比較安靜的天蠍座女孩，而把悶悶本人留給大飛，只有大飛受得了她的性格。終於，我們的大飛嫉妒難耐，在一邊發話說：「我一直想知道人頭馬到底有幾根雞雞。」

「一根。」飛機頭說。

「兩根。」大飛說，「前面一根後面一根。」

「你這個臭流氓。」悶悶照著大飛的雞雞虛擬地踢了一腳，這是他們倆調情的方式——至少有一次，她不小心真的踢中了，因為大飛的腿有點短，如果大飛有兩根雞雞的話我認為一根應該負責被玩一根應該負責被踢，這樣他們就會永遠開心，不用把我給捲進去了。

「快點告訴我，我是哪個星座？」大飛搭著悶悶的肩膀，大聲問道。

「你是河馬座。」悶悶認真地說。

「河馬座？」

「對，腿短，嘴大，鼻孔扁平，眼睛鼓鼓的河馬座。」悶悶把書藏在身後，「我真的不騙你，你是河馬座。」

就在這當口，花褲子撒腿跑掉了，然後，飛機頭也跑掉了。校長出現在我們身後，一把抽走了悶悶手裡的書。

「操你……」悶悶一邊回頭一邊只來得及罵了半句。

「你們在幹什麼？這是什麼書？」校長威嚴地說，「學校不准帶武俠小說和言情小說進來，難道你們不知道嗎？你們男男女女居然還在學校門口裡勾肩搭背，剛才我似乎聽到了有人用非常下流的話在大放厥詞，你們現在給我站到牆根去，就站在那排標語前面，然後問問你們自己，是不是又動了小腦筋、打起了小算盤？」

和校長沒有任何道理可講，我乖乖地站到了牆根。悶悶嘟噥道：「我不是你們學校的。」但那畢竟也是我們的校長，聽說和她們紡織中專的校長是青梅竹馬，她不得不退到一邊，哭喪著臉注視著校長手裡的書，似乎期待他能把書還給她。然而這更加引起了校長的注意，他終於打開了書，緊鎖眉頭看了一會兒，往前翻了幾頁，又往後翻了幾頁，並且頻頻點頭，似乎這本薄薄的小冊子真的很有意思。要知道，過去他搜到金庸的武俠或是瓊瑤的言情，都是像日本鬼子撕開婦女胸罩一樣，把書撕成兩半。現在，他竟然讀了起來，真是不可思議。

「校長，校長，」大飛腆著臉，溫柔地說，「這是一本星座的書，不是言情小說。我的星座是河馬座，您是什麼星座？」

我們的校長，低頭盯著大飛的臉，看了一會兒。他忽然舉起手裡的書，照著大飛諂媚的大嘴、扁平鼻孔和鼓鼓雙眼用力砍了下去。

「這是一本講迷信的書！你這個混蛋！」

悶悶就是劉菲

陽光像是按住了城市，猛烈噴射熱量，這是暑假裡酷熱無情的下午，你等待下午四點以後的暴雨，你走在吸乾一切的陽光裡會變得同樣無情，然後發現自己身體裡流淌著一場災難，就像暴雨可能落下，可能消失無蹤。

我和花褲子晃到藍國遊戲房，他不愛玩遊戲，我的手指傷了。老闆給了我們一疊身分證，那是近兩個月來在此租遊戲卡的人，他們寧願去補辦一張身分證，也不打算歸還遊戲卡，不打算付每天兩元錢的租賃費，不打算拿回五十元押金。這全是些剛剛拿到身分證的小崽子，他們不知道這玩意兒有多重要——說實話，我也不知道，我被交警攔下自行車的時候他們根本不要看我的身分證，只要我交出兩元錢的罰款。在我們這座城裡，本地口音就是身分。

我們拿著那疊身分證去找事主，老闆答應我們，每要回一盒遊戲卡，就付給我們五塊錢車馬費。一共十六張，我們得跑遍全城。

我們很快意識到這件事本身就像一局電子遊戲，魂斗羅或是超級瑪利歐。我們有兩條命，我們不想帶上更多的人。

事情一點也不順利。比如那個叫王志忠的，他住在北環鐵路邊，那一帶根本沒有樹蔭，到目的地時我們已經熱暈了，遠處的鋥亮鐵軌似乎直接燙傷了我，王志忠卻不在，只有他外婆在家，我們總不能推開一個七十歲的老奶奶然後衝進她家裡洗劫。這個好心的老奶奶還給我們喝了一桶井水。又比如居建偉，根本就是我們的朋友，遇到麻煩經常會請他幫忙。我們忙活到中午兩點，僅僅是在一個念初中的小孩家裡強行拔走了遊戲卡，他用的是他老娘的身分證。

夏季的街道過於安靜，大人們在工廠和機關裡上班，老人們在午睡，青少年蜷縮在他們隱秘的角落裡。到處都是蟬聲，我們坐在一棵柳樹下，翻看著剩餘的身分證。花褲子指著其中一張問我，這是不是悶悶。

那是一個叫劉菲的女孩，十八歲，住在南林新村兩幢501，從照片上看，她是一個大腦袋、扁面孔、滿臉不悅的女孩，和我們認識的悶悶完全不是一個格調，但看上去又很像是她。悶悶叫什麼名字？我想了一會兒，也許我們的關係太近了，也許天氣太熱，我竟沒有能夠回憶起來。

「但悶悶確實是住在南林新村。」花褲子說，「具體哪幢不知道。」

「南林新村只有兩幢房子，不是這幢，就是那幢。」我說。

這個下午我們已經耗盡了體能，只剩下一點傷感，也許去找那個叫劉菲的女孩比較合適，別管她是不是悶悶了。我們騎車來到南林新村，它在一片破落的平房之間，灰黃色的牆面上布滿細小的裂紋，樓底下有濃重的泔水氣味，不知道誰家正在用大功率音響放著歌。樓頂上長了一棵泡桐樹的，就是兩幢。我們停好車子走上去，避開了過道裡的各種雜物以及一隻看上去快死掉的狗，一直走到五樓。

我們敲門，過了好久，一個瘦削的青年打開了一道門縫，我一眼就認出他是悶悶的哥哥，兩人長得太像。我也看清他光著身子，只穿了一條三角褲。我得告訴你關於那個時代的裝束：夏天，男人們真的可以穿三角褲在街上走，只要他不勃起，就沒啥問題（有時候我們甚至搞不清游泳褲和三角褲的區別）。這樣的男人在家裡穿三角褲就更沒問題了。我和花褲子一起笑了起來，悶悶她哥愣了一下，穿著三角褲走出來扇了花褲子一個耳光，他還想扇我的時候我早就跳出去了十米遠。

我看見悶悶出現在門口，她穿著一件半透明的睡裙，一句話都不說，把她哥拽回了屋子，然後她走出來，關上門，背靠著門框瞅著我們。花褲子正扶著牆，目睹自己的鼻血滴滴答答落在地上。

悶悶陪著我們走下樓，走到瀰漫著泔水味的地方，她穿得太性感——那年夏季最流行的女裝，女人們聲稱這是從上海流傳而來的風潮，半透明睡裙，隱隱露出裡面的乳罩和內褲，腳上趿一雙珠光色的半高跟塑膠拖鞋，走在街上，走在商場，走在菜場，走在一切可以讓人看到的地方。現在看起來，花褲子的鼻血不像是打出來的，而是被悶悶勾引出來的。悶悶遞上了手絹。

「妳為什麼會去藍國租遊戲卡？」我問。

「是我哥用了我的身分證。」

「身分證是個很重要的東西。」

「無所謂。」

一陣風吹來，悶悶的睡裙像波浪在蕩漾。我有點走神。花褲子擦乾淨鼻血，那塊手絹沒法用了，他將它塞進褲兜，然後從上衣口袋裡掏出了悶悶的身分證，還給了她。

「先放你那兒吧，我身上沒有口袋。」悶悶說。

花褲子沉默了一會兒，問：「妳和妳哥，平時在家都穿成這樣嗎？」

悶悶低著頭，過了好久才低聲說：「關你屁事。」

花褲子問：「妳爹媽不管管嗎？」

悶悶說：「我爸去年死了。」

我們聽著飄蕩在空中的蟬聲和歌聲，那是一曲關於愛的歌，用日文唱的，它應該是那本叫做《超時空要塞》的動畫片裡的插曲，歌名叫做〈可曾記得愛〉。如果不是為了這趟差事，此刻我應該躲在家裡獨自看著動畫片。

「讓我開心一點吧，帶我去兜風吧。」悶悶說，「你們帶過穿睡裙的姑娘兜風嗎？趁這會兒街上沒什麼人。」

「真格的，這還是第一次。」花褲子跨上自行車，「坐到我後面來吧，劉菲，不要辜負我為妳流的鼻血。」

教育課

我們參加了一場全市中專技校生的安全輪訓，在一幢奇奇怪怪的大樓裡，四面窗簾密閉的階梯教室，有一個長相淒涼的女科長為我們播放了幻燈片。這是我第一次看到幻燈片這種東西。女科長指出，生產安全很重要，尤其是我們搞化工的，我們可能會被炸死，也可能會被電死，或者被硫酸噴死。此類說辭雖然令人頭皮發麻，但我已經聽得太多，我甚至把它寫到了日記裡，打算後半輩子翻出來當笑話講。為了引起我們的注意，女科長播放了幻燈片，事實上，那僅僅是幾張圖像模糊的黑白照，其中有一些死者的照片，還有一些殘肢斷手。可惜，這套東西我們也見多不怪了，本校安全教育走廊裡常年貼著類似的照片，彩色的。大飛適時地向女科長指出：一部分被切下的手指應該是軸承廠的特產，他們那兒的車床比較多。我們讓大飛少說幾句，因為黃毛的媽媽就是軸承廠的女工，她的四分之一個腳掌被削掉了。為了照顧黃毛的情緒，我們不應該提軸承廠。可是那女科長很不高興，她順著大飛的話講了下去，講的全是軸承廠的悲慘的生產事故。她說開車床不能戴手套，女工不能留長髮，因為手套和長髮容易被機器捲進去。這時大飛又他娘的抬槓說，不是不能留長髮，而是必須把長髮盤起來，另外，這也不是軸承廠的專利，包括紡織廠在內都是這條規矩。女科長就把手裡的硬面抄摔打在講台上，讓大飛上去講課。她還說了很多難聽的話，甚至祝願大飛的手指被車床削掉。這時，黃毛站起來對女科長說，妳開過車床嗎，妳知不知道車床是怎麼把人的腳削掉的，有時候，甚至是一條腿都卸了下來。我們全都一臉蒙圈，包括女科長在內。黃毛就說，絕對不是因為把腳塞進車床了。女科長想了半天還是沒明白。黃毛說，妳照本宣科念念材料有啥資格來給我們做安全培訓。女科長像刺客一樣飛出手裡的硬面抄，那玩意兒既不像鏢也不像流星錘，研究認為是血滴子，或是東北二人轉拋手帕的招數。總之，它要是金屬製品的話，黃毛的腦袋就會被削下來。這位女科長憤然離去，來了一位男科長，他說原定兩小時的安全培訓課現在延長為四小時，我們必須做完五張安全培訓考卷之後才能離場。然後，班主任陳國真也衝了進來，讓黃毛解釋一下腿是怎麼被削掉的。黃毛偏是不說。陳國真在做老師之前是一位軍人，他有沒有打過仗我們不清楚，但他肯定沒去過金加工車間，也不知道車床該怎麼玩。這時，男科長又抄起第二本硬面抄，打算近距離砍下黃毛的腦袋，黃毛非常生氣，從褲腰裡拔出一把鋼鋸做的匕子，插在桌子上。這種匕子是我們在金加工車間裡自製的，四十五度尖頭直刀，開刃，刀背有鋸齒，用布條紮一下就是刀柄，有點像藍波的獵刀，但沒那麼長，而且比較脆，容易折斷，但硬度足夠，能插死一頭牛。我們做了五、六十把，可以開刀子鋪了，但我們誰也沒想到黃毛會在上課時亮出這傢伙。男科長嚇壞了，這時陳國真衝過來給了黃毛一個肘錘，又給了一個標準的過肩摔，黃毛四仰八叉倒在地上。陳國真安慰男科長，說這幫學生都很頑皮，他們帶的也不是刀子，而是鋸條片，不用太當真。男科長決定報警，把黃毛送去勞教。陳國真也生氣了，扠住男科長的脖子罵了一通，意思是這幫學生明明是文盲，懲罰他們的最佳辦法是讓去操場上跑五十圈，而不是做五張考卷。黃毛跳起來找他的刀子，那玩意早就被我們藏起來了。我們按住了黃毛，告訴他：老師這是為你好，別他娘的再犯渾了。接著，十幾個科長衝了進來，陳國真和他們談判，其結果是黃毛向科長們賠禮道歉，並且收繳我們攜帶的所有兇器。那天下午一共搜出來七把刀子，十來根未加工的鋼鋸片，一根鋼窗把手，兩把指虎，兩根自行車鍊子，一把塑膠水槍，還有兩本《龍虎豹》雜誌。到我這兒，我上繳了一個二踢腳*。他們認為我攜帶火藥更可怕一些，但陳國真替我解釋：炮仗不是雷管，不要緊的。然後給了我一個耳光，問我帶這東西幹嘛。我說我表姨昨天結婚，我從她新房裡順來的。這時，原先很生氣的科長們，對陳國真充滿了敬佩，認為他能活著把我們教育成這樣，是奇蹟。

我們直到天黑才離開，在幾個路口做了幾次鳥獸散，只剩下飛機頭和花褲子陪著我。我挨了一個不輕不重的耳光，心情很不好。

「到底車床是怎麼把人的腳給削下來的？」我大聲問道。飛機頭和花褲子都搖頭，表示不知道。

我們經過了南林新村附近的街道，天氣轉涼，早秋的細雨落了下來。我們看到悶悶穿著睡衣，趿著塑膠拖鞋，在一間電話亭裡打電話。燈光照在她身上，她是整條街上唯一閃亮的人。

我們走過去。那電話亭是新造的，不過其中一塊玻璃已經沒了。悶悶手持電話聽筒對著我們扮鬼臉，她的睡衣仍然是半透明的。

「給誰打電話呢？」

「並不給誰打電話。」悶悶的手伸出電話亭，摸了摸我的臉。「你被人揍了。」

「不給誰打電話妳為什麼在這裡？」我說，「啊，妳一定是出來顯擺妳的睡衣了。」

「你懂個屁。我在打傳呼機，我有個朋友新買了傳呼機。我呼了他，然後等著他回我電話。」

「妳如果不把聽筒掛上，他一輩子也打不回來。」花褲子說。

「原來如此。」

悶悶掛上了電話，然而鈴聲沒有響起，她又等了一會兒，變得意興闌珊，終於，她推開電話亭的小門，走了出來，走到不那麼顯眼的地方。她打了一個細弱的噴嚏，說：「算了，我有點冷，我要回家了。你們不用跟著我。」

她的拖鞋發出踢踢踏踏的聲音，我看著她的小腿，遠處車燈照過來，我看著她整個身體的黑色輪廓在強光下漸漸走遠。

「車床是怎麼把人的腿削下來的？」隔著十來米遠，我大聲問她。

她沒有停下，只是微微回過頭，告訴我：「車床車下來的鐵絲硬度很高，而且很薄，像刀鋒一樣。鐵絲如果沒斷，被車床帶動著在地上翻滾，就會把腿削掉。如果速度夠快，你甚至感覺不到疼。」她說著，向後勾起小腿，用自己尾指的指甲在

＊二踢腳，一種雙響爆竹的名稱。

腿肚子上飛速劃了一道，然後衝我眨了眨右眼，迎著那道強光消失了。

和悶悶一起失重的年月

我和大飛騎著自行車，從日暉橋上張開雙臂駛向街道，這個動作在北京話裡叫「大撒把」，在我們那兒叫「雙脫手」。如果自行車夠棒，你可以雙手抄在褲兜裡從家一直騎到城郊的工廠，如果車子不太好，最好小心自己的下巴不要摔脫臼了。我依然記得大飛，當時他的書包架上帶著悶悶，大飛一馬當先飛速下橋，用雙脫手的姿勢回過頭去和她凌空接了個吻。我認為悶悶不用考慮大飛的初吻了，那不屬於她。

「失重的感覺真棒！」悶悶喊道。

接著我聽見一連串的撞擊聲，大飛躺在地上，而悶悶飛進了花壇。有一個年輕的員警站在街上，攔住了他們的去路。大飛爬起來，像脫衣舞女郎似的渾身上下摸了一遍，這個動作十分可笑，其實他是想確認自己身上有沒有骨頭斷了。這時，我捏閘，停在他身邊，花壇裡的悶悶發出尖叫。員警對大飛說：「騎車載人，罰款兩元。」

員警在當時被稱為「老派」（派出所的意思），北方稱為「雷子」，港臺錄影片裡叫「條子」。我很喜歡條子這個說法。眼前這個小條子看起來比我們大不了幾歲，帽子歪戴，表情嚴肅，嘴唇乾裂，很像是需要兩塊錢去喝碗豆漿的樣子。

這時大飛已經把身上的骨頭都摸了一遍，沒斷，他從花壇裡拉出悶悶，後者已經摔懵了，坐那兒半天不說話。大飛回到小條子身邊問：「你為什麼要擋我的路？」小條子瞪大了眼睛，似乎在琢磨大飛是不是有精神病。當然，大飛沒有，他只是過於囂張，他對小條子說我操你媽的你要是不擋著老子是不會摔這一下的你明白嗎我幹你娘的我在雙脫手的時候你竟然竄出來撞我。

我得先說明一下，在一九九〇年，我害怕員警。我不在乎員警當街拔槍，因為員警沒有槍，更不在乎當街對打，因為員警人數通常不如我們多。我主要害怕的是被拖到局子裡去，在某個黑暗的地方用麻袋套住腦袋，用電警棍電雞雞，從此落下六十年的陽痿早洩（我性苦悶的難熬的青春期僅僅只有六年）；或者喝下去十公升自來水再被人肚子上踩一腳，把水和膽汁全都噴到天花板上。

現在，這個小條子和大飛幹上了。他不要那兩塊錢了，他要扣下大飛的自行車。大飛護著車，左右扭動閃躲，堅持不讓小條子拔下車鑰匙，並且繼續謾罵。由於是冬天，街上沒有什麼人，由於他們的動作太過激烈，那些想看熱鬧的零星行人也只敢站在街對面張望。趁著這個工夫，我推著自行車來到了悶悶身邊。妖豔的悶悶，化工技校89級機械維修班四十個男生的夢中情人，她玫瑰般的嘴唇裡叼著一根菸，她本來已經嚇懵，現在回過神來，冷冷地看著大飛在街上跳霹靂舞，看著小條子恨不得一槍打死大飛卻沒資格佩槍的窘境。我湊上去看了看悶悶的臉。

「臉沒有摔花。」我說。

「我已經照過鏡子了。」她揚了揚手裡的小化妝盒，那裡面有一面內嵌的小鏡子。說起來這個化妝盒還是我送給她的禮物，是我從表姐那兒偷來的，為此，她曾經請我抽過一根菸，但她並沒有吻我。她瞥著大飛，說：「要真是摔花了臉，我會找人把這兩個王八蛋都殺了。」

「殺了大飛我可以理解，」我開始說風涼話，「可是殺員警會被判得很重。」

「我不在乎，」悶悶說，「我反正不會找你來幹，你膽子比誰都小。」

「如果我載妳，我保證不玩雙脫手。」我說。

「不不不，」悶悶說，「我喜歡刺激，我喜歡雙脫手的速度和下橋的失重，當然，我不喜歡摔。」她像成熟女性那樣嘆了口氣，又像女大學生那樣皺著眉頭說：「這兩件事挺矛盾的，這兩件事不可兼得但是我偏偏都想得到，你是不會理解的。」

我趕緊說：「我理解啊。」

「你理解個屁。」悶悶結束了談話，站起來，向街上持續不斷翻滾的兩個人走了過去，我連忙跟了上去。然而就在這時，大飛還擊了。我很清楚大飛的實力，他可以用牙齒撬開啤酒瓶蓋子，可以單手扛著一罐煤氣一步不停衝上六樓，可以和姑娘連續做愛六小時（這是他自己吹的），他所有的掙扎都只是為了擋住車鑰匙，就像在游泳的時候擋住他的雞雞不要被我們所有人摸一遍。現在，大飛終於失去了耐性，他覺得這個破條子真是煩死了，他伸手把條子那頂帶著國徽的帽子拍到了馬路中央。條子和悶悶都愣住了，我還在往前走，被悶悶一把拽住了。

「你襲警了，」小條子提醒大飛，「你襲警了！」

「你的帽子是被風吹掉的不要怪我。」大飛滿不在乎地說著，拽過自行車想跑。然而小條子被徹底激怒了，他照著大飛的頭上打了過去。根據大飛事後的陳述，他挨打之後做出了本能的反應：照著小條子打出了一通組合拳。現在，小條子變成了啤酒瓶、煤氣罐，或者是連幹六小時的姑娘（這個比喻太糟糕了），他取代了悶悶的位置，倒進了花壇。直到此時，王八蛋大飛才停下了手，驚恐地看著花壇裡小條子高高舉起的雙腿，那是否會令他聯想起曾經睡過的姑娘？

「大飛你真的襲警了。」我還沒說完這句話，他已經跳上自行車鑽進一條小巷消失了蹤影。

我和悶悶站在街上，圍觀的人正在從四面八方緩緩靠近。我不知道該怎麼辦，我想去花壇那兒看一看小條子的傷勢。悶悶再一次拽住了我，她用一種歡樂的語氣問我：「你想死嗎？」

「載上我，馬上，逃離這兒！」我聽見她在我耳朵邊上狂叫。

當我再次返回日暉橋時，我沒敢雙脫手。我們像一條天邊的流星，劃過寒氣凜凜的灰色城市。我感到悶悶攬住了我的腰，我感到她是一個機智、冷酷、果斷的女孩，如果不是她的提醒，我後半輩子一定會捧著自己被電擊過的雞雞天天大哭。我感到我會愛上她，但很可惜我並不是那個襲警的人，悶悶愛上的是大飛。

這是僅屬於悶悶的時間

每年清明節，學校都會組織去烈士陵園掃墓。初中畢業以後，我以為這檔子事情就過去了，沒想到技校也要去掃墓，並且要求我們戴上一朵紙紮的小白花。

這一天清晨，一輛大卡車載著我們去往郊區陵園，四十個男生站在車斗裡，陳國真坐在前面副駕。我們的心情非常糟糕，因為，天上在下雨，那卡車沒有篷。快要出城時，卡車發出砰砰的巨響，震得我們每個人原地跳躍。大飛就說，這車恐怕是要拋錨了，我們將會留在城鄉結合部，像白癡一樣看農民種地。大家都很發愁。其實那一帶風景秀麗，綠油油的田，遠處有小樹林，飛著一些白鷺，如果抓到一隻烤來吃了也不錯。可惜，卡車沒壞，它只是減速，繼續砰砰地震動著前行。這時我們看到一輛大巴從身邊經過，裡面全是女生，她們從車窗裡伸出腦袋向我們打招呼，喊著我們每一個人的綽號。

「我們去掃墓！」

「我們也是！」

那是紡織中專的女孩，其中大部分將在噪音巨大的車間裡歷練成聽力欠佳、嗓門過度發達的女人。現在，我們四十個男生向她們揮手，喊著她們每個人的小名。她們中間有幾個奔放的，向我們拋出飛吻。陳國真從卡車前座伸出腦袋大罵：「你們這還像是要去給烈士致敬嗎？你們這群流氓阿飛！」大巴超過了卡車，女生們向陳國真吐出一連串口水。

她們甩下了我們，我們在公路上繼續砰砰砰，這座城市的雨季相當可怕，會令人產生憂鬱的錯覺，即使文盲，也會變得像個詩人。至於那本來就像詩人的花褲子，他已經憂鬱得說不出話來。為了活躍一下氣氛，大飛開始討論紡織中專哪個女生最漂亮：像雨季一樣憂鬱的梅梅，發育得比較好的倩倩，還有我們最熟悉的悶悶。等一下，悶悶在哪兒？那個最囂張的悶悶，她本來應該從大巴直接跳到卡車上和我們打情罵俏，但她似乎消失了，似乎沒有存在過。

「我們有多久沒見到她了？」大飛問。

「三個月。」飛機頭說。

這時我意識到我們已經失去了悶悶，她不再和我們玩了。快到烈士陵園時，終於，卡車拋錨了。卡車司機愁苦地抽了根菸，然後跑到傳達室打電話找人來修。路途過於遙遠，況且又下雨，我聽見他在傳達室和人對罵，我估摸著這一趟倒楣的旅程恐怕是要徒步走回城裡了。陳國真招呼我們排隊，走上那高高的花崗岩台階，保持肅穆。對了，我忘記了那朵小白花，我從褲兜裡掏出它，拿在手裡，像一個虔誠的歐洲新娘，走向高大而陳舊的紀念碑。就在那裡，哀樂正在響起，紡織中專的五十多個小女生在小廣場上低頭默哀。她們中間，有人回過頭來向我們擠眉弄眼，有人雙手插在褲兜裡像男人一樣抖著腿，有人用力搓著褲腿上的泥漿，有人掏出一面小化妝鏡……

「她們沒有一點歷史責任感。」陳國真說。

大飛點起一根菸問我：「他在說什麼玩意兒？什麼是歷史責任感？」我說我也不知道。我們蹲在後面，直到女生們做完儀式，她們走進陵園，把手中的小白花綁在樹枝上。樹枝低垂，落下雨水。輪到我們走上小廣場，列隊站立在細雨中，空氣裡確實有一種淒涼的意味。陳國真說到了北伐戰爭、抗日戰爭、解放戰爭、朝鮮戰爭，還有剛剛停戰的對越自衛反擊戰，每一場戰爭都會有烈士，而我們這把大好時光的小流氓最好是去參加一場戰爭，不管跟誰打仗，反正只要我們去滾滾地雷、堵堵槍眼，就會變成一個正派人。他講完這些時，我都快凍睡著了，終於，哀樂再次響起，我們低頭，像是被迫承認了陳國真的觀點。大飛踢了我一腳，低聲說：「我看見悶悶了，她在那邊哭呢。」

我感到非常詫異，我確實看見她坐在遠處台階上哭泣，這是絕無僅有的事情。等到哀樂放完，陳國真讓我們到陵園裡去紮小白花，我尋找著悶悶的身影但她卻不知所蹤。

「她為什麼哭？」

「因為她爸爸是烈士，她爸爸葬在這裡。」花褲子告訴我們。

「解放戰爭？朝鮮戰爭？自衛反擊戰？」我問。我想悶悶怎麼可能出生於一個軍人家庭？如果她爸爸是革命烈士，她又怎麼可能去念一個倒楣的紡織中專？這不合規矩。

「她爸爸是毛紡廠的工人，前年毛紡廠著火，燒死了。她爸爸當時參加了救火工作，可是一直沒有評上烈士，她媽媽去市裡面哭鬧了一年，還去省裡上訪，他們才給了一個烈士名額，埋在了這裡。」花褲子解釋道，「所以悶悶現在是烈士的女兒。」

「我們是不是應該去找一下悶悶？順便給她爸爸上個墳。」

「不用了，她們已經走了。」

但是大飛還是追了出去，一直追到陵園門口，五十多個女生正在排隊登上大巴。大飛淒涼地喊了一聲悶悶，那些女生衝他豎起很多根中指，悶悶卻沒有回答一聲。後來大巴開走了。

我一直想著，這麼糟糕的天氣裡，我們的悶悶是什麼心情，為什麼她連我們的安慰都不需要了。我的心情也變得很糟糕。陳國真說：「別這麼垂頭喪氣的，明年你們就不用來掃墓了，明年你們去工廠實習，就是工人了。工人是不用來給烈士掃墓的。」我搖搖頭，摸著褲兜裡的香菸，最好是找個地方抽一根。當我們走到公路邊時，那白癡司機還在傳達室裡打電話，他似乎是沒辦法了。如果這車開不動，下午的課就不用上了，走回去也挺好的，在淒涼的雨裡走著，繼續想念著悶悶。不過這件事最終的結局我可以立刻告訴你：我們四十個人推著那輛操蛋的卡車回到了城裡。

終局

我活到二十四歲，技校的那幫同學已經全都找不到了，我們在一九九二年分配到全市的化工廠，效益較好的是農藥廠和溶劑廠，效益較差的是炭黑廠和飼料廠，幾年後，這些廠都不行了，一部分停產下崗，另一部分由於環保問題被迫遷往偏遠的郊區。化工技校89級機械維修班的四十個男生，他們大部分是機修工，沒念過什麼書，也不大會經商，就算找到他們也無話可說。當然，我自己也有問題，我在這班級裡一直不太合群。二十二歲那年我開始混跡在戴城大學的詩社裡，和一個學日語的女孩談戀愛，這似乎超出了機修工的能力範圍。我還考上了夜大，學的是會計專業，一九九六年以掛科七門的成績從這所野雞大學拿到了文憑，但無力再考一張會計上崗證書，隨即從糖精廠辭職，晃在社會上，到一九九七年時，我花光了所有的積蓄。

學日語的女孩那時已經快要和我分手了，她本科畢業應聘在一家日資企業做文員，上班很遠，從雅菲大酒店還得往西走三公里。日資企業的薪水並不高，她買了一輛新自行車，每天蹬車上下班，和我在國營企業的時代並沒有太大差別。有時候她加班，夜裡我去接她，雅菲大酒店一帶已經是小有名氣的紅燈區，很多酒吧和桑拿房，再往西走便是空蕩蕩的開發區，人行道上新種下的香樟樹只有碗口粗，窨井蓋經常被人偷走。想到她隨時都可能和我說告別，心情總不免低落。

有一天深夜，我接到學日語的女孩，我們倆並排騎車經過雅菲大酒店，她忽然停了下來，單腿佇在人行道上，向街對面那一片霓虹燈觀望。這座城市裡夜生活最豐富的地方。在我們談戀愛的日子裡，很多夜晚都是在錄影廳、大學食堂或者是街心花園度過，她一直是個窮姑娘，我也沒什麼錢，我們從未有機會去酒吧喝上一杯。

「那是紅燈區。」我說。

「不，那是酒吧區。」她仍然看著遠處的霓虹燈，「其實我一點也不喜歡在日企上班，非常枯燥，總是加班。我想到那個地方去，做一個咖啡師。」

「哪個薪水更多？」

「還是日企更多些。我爸媽只希望我進外企，或者是外貿公司。但是你，快兩年沒工作了，你就沒想過去學做咖啡師嗎？」

我搖搖頭。我說我喝不慣咖啡，也不喜歡咖啡師、調酒師這種職業，我做不了任何伺候顧客的工作。她聽完以後只是笑了笑，費勁地啟動自行車。那一路上我們沒有再說過一句話。

進入雨季之後，她仍然加班，但不再要求我接送她。有一天週末，我去找她，發現她買了一輛紅色的助動車*。她是個有點瘋狂的姑娘，尤其對於速度似乎有一種迷戀，她把車速拉起來之後，我就再也追不上她了。

我們之間最後一次通電話是在一個下雨天。她說她辭掉了日企的工作，正在備戰托福，她要去美國念ＭＢＡ，講完這些，電話那邊陷入了長久的沉默，彷彿她刻意要把自己變成一個黑洞。我祝她一切順利，掛了電話，想想不太甘心，總有什麼話還沒說出口，但顯然我已經和她道別了。我忽然想，在長達兩年的戀愛期間，可能我看上去始終就像一個——只愛自己的人。

我和學日語的女孩分手以後，一度生活艱難，說起來，這純粹是自找的。我不

* 助動車，指可用人力驅動，也可用發動機驅動的兩輪交通工具。

想出去工作，只想在家裡寫小說，在四百字的方格稿紙上消磨時光。我發表過幾篇小說，拿到過幾百元稿費，但除此以外，毫無反響。那是一九九七年，在文學刊物上發表作品已經不是一件很光榮的事，也看不到什麼前途，社會上談得最多的是股票漲跌和金融危機，後者導致的經濟恐慌儘管不太容易理解，但下崗丟飯碗、通貨膨脹、住宅商品化，這些事情活生生就在眼前。

那時候我根本不相信做咖啡師能夠養活自己，我也想像不出這座城裡的工人、農民和小知識分子去咖啡館裡坐著的樣子。

雨季結束後，我決定去開發區的人才市場逛一圈，半路遇到第二紡織廠的女工鬧事，大清早把主幹道全堵了。中午時，我趕到人才市場，那裡還沒散場，許多操著外地口音的應屆畢業生圍在外企的招聘台前，我自忖擠進去也沒什麼機會，我既不會外語也不太懂電腦。場子裡還有一些較為冷清的招聘台，那都是本地的私營企業，或是一些過江龍式的分公司和辦事處，招聘的職位多是倉管員、推銷員。對此，我毫無興趣，在裡面轉了一圈，正打算離開，有人拍我的肩膀。

那是花瑋，我技校時代的同學，我已經有三年沒見到他，從前他的綽號是花褲子。

「我最討厭別人拍我肩膀。」我說。

「不是你，是我最討厭。」花褲子說。我們搭著肩膀往外走。

一九九二年分配工作後，花褲子去了效益很糟的炭黑廠。學校用的是總學分制，學分靠前的人優先選擇工作單位，花褲子成績中等，但是在道德品質一欄裡不知怎麼的被扣了兩百多分，名列全班倒數第一。我同樣也被扣了一百多分，後來我父親託人給校長送了兩條菸，學分又補了回來，我去了糖精廠，那裡情況也很糟，但相對乾淨，上班也沒那麼遠。花褲子是一個有輕度潔癖的人，他去炭黑廠上班，一個月後因連續曠工三十天而被開除，此後我們聯繫得少了，一九九四年他去了深圳，不知道做什麼，總之是給人當馬仔。

「什麼時候回來的？」我問他。

「去年夏天。」他說，「我和所有人斷了聯繫，他們現在怎麼樣了？」

我聽得懂：所有人，指的是那班級裡的四十個男生，到畢業的時候，實際只剩下三十三個；所有人，還有那些陪我們一起玩鬧過的姑娘；所有人，是不是還包括仇人？那些記憶十分遙遠。我說我也很久沒聯繫他們了，我知道悶悶在二紡廠工作，我過來的時候二紡廠的女工正在鬧事，上千個人，不知道其中有沒有悶悶。我還想起花褲子的爸爸是二紡廠的工會主席，不知道有沒有被女工們打成殘廢。我這麼揶揄著他，他笑笑，沒說什麼。

「來應聘工作？」我問。

「不，我來招聘。」

他拍了拍手裡薄薄的一疊紙，那是投檔的簡歷。走出人才市場，他跨上一輛銀灰色的助動車。

「有沒有興趣到我的小公司去看看？」

「公司？你是老闆？」

「不遠，就在前面商務區。」

他拍了拍助動車後座，我跨了上去。

所謂商務區和酒吧區只隔了一條馬路，不遠處就是雅菲大酒店。我問他，還記不記得當年，雅菲大酒店剛開張的時候，我們幾個過來看熱鬧，感覺非常遙遠，像是到了城市邊緣地帶。

花褲子說：「當時就是城市邊緣，再往前走全是菜地了。現在，你看看這裡的公司、酒吧，還有商品房。你應該在這裡買套房子。」

「我爸剛剛拿出七千塊買下了我們家的房子，」我說，「說好的福利分房，最後竟然要我們花錢再買一次。我家裡已經不剩幾個錢了。」

「你在哪裡上班？」

「失業。」

「好嘛。」

五分鐘後，助動車停在沿街一個小門面前面，玻璃門上貼著「名片、刻字、設計」的字樣，有四個挺大的金字招牌掛在門頭上：華盛廣告。

「看著像文印店嘛。」

「不不，這是公司，廣告公司。」花褲子領我走了進去。

那地方比文印店大不了多少，有兩台綠殼的電腦，影印機和傳真機在屋子一角，其他設備我叫不上名字。兩個二十出頭的女孩分坐在螢幕前，背對著我們，其中一人回過頭來看了我一眼。很低的音樂聲不知道從哪個喇叭裡傳來。

「這女孩長得像丹丹，你還記得丹丹嗎？」我說。

「別提這個了。」花褲子把我領到了後面辦公室。我坐在一張設計得很怪異的扶手椅上，看著他的辦公桌，弧形，樺木貼面，鋁合金支腳。這與我慣常所見的辦公室很不一樣，別家都是楠木棺材一樣厚重的老闆桌。他打開電視機，看了看本地新聞，沒有二紡廠女工鬧事的消息，這種消息不會出現在新聞裡。只有312國道的車禍，一輛卡車側翻在田野裡，畫面遠處是硫酸廠常年滾滾冒煙的廠房。

花褲子拆了一包軟殼中華，用手指拍打包裝完好的那一側，一根香菸彈出半截過濾嘴。他把整包菸遞到我眼前，我抽出那根菸。這個動作讓我回憶起一九九〇年，那時，我們十七歲。他們撒香菸的時候總是抓起三五根，發到大家手裡，只有花褲子不愛伸手去接，他認為過濾嘴不應該被別人的手指沾過，甚至自己的手指，也不應該。這種規範的敬菸動作後來也影響了我。

「丹丹後來去了珠海，」花褲子吐了一口煙說，「她做了野模*，走穴**掙錢，我們在深圳見過幾次。」

「好慘。」

「不不，她混得比你好。二十五歲的模特，當紅之年，很多人追求她。」

「於是乎，你就找了一個像丹丹的女孩來給你打工？」

花褲子像是吃了一口藥，歪著臉說：「依我看，我們就不要像十七、八歲時候那樣講話了，好嗎？像個成年人，好嗎？我經歷過的滄桑你是沒法想像的。」

我決定給花褲子打工，也就是那天下午的事。他需要一個能幫他做外務的男性員工，無需接待客戶，只要跑跑印刷廠，跑跑發片公司，偶爾收帳或押貨。我提出想學電腦，但我沒錢去培訓班，想在這裡借他的機器學，那個長得像丹丹的姑娘也許可以教我。

「不要再說她像丹丹了，求你了。」花褲子說，「電腦你可以用，但別給我弄壞了。另外，我可以預先告訴你，這種機型你學會了也沒什麼用，它是蘋果機，很貴，用來做平面設計的，是MAC系統。你想要學的那種叫做PC機，用的是Windows系統。它們，不相容。」

「我暫時聽不懂你在說什麼。」

「好吧，記得不要叫我花褲子，叫花總。」

我們談好了薪水，六百一個月，每週休兩天，加班用調休來補，沒有加班工資。當然，也沒有保險金之類的福利。每天早上九點到公司，不包午飯，下午四點就可以下班回家了。最後又講了一個條件：

「如果公司生意不好，我可能會隨時辭退你。」

「沒問題，我也可能隨時不告而別。」

這天傍晚我們找了一家小館子吃飯。酒吧區一帶有不錯的西餐廳和日料店，價格不菲，而他帶我去的是一家「何嫂家常菜」。我們喝了幾瓶啤酒，不太過癮，又

＊ 野模，指兼職模特兒。

＊＊ 走穴，為了賺外快的私下演出。

要了一瓶二鍋頭。我問他，到底掙到錢了嗎？他說，資金確實有點緊張，錢都投到了設備裡面，蘋果電腦兩台，掃描器是日本進口的，那台影印機是二手貨但也不便宜，房租每季度一萬五，兩姑娘月薪各一千二。這令我有點鬱悶，我只有六百。

「如果你會用Photoshop，我也能給你一千二，但是你學會了也好不到哪兒去，軟體是軟體，審美是審美，你畢竟和我一樣是個學機修的，也許你還學過會計，但我媽就是會計。」花褲子喝多以後，話也多了起來。

「在工廠的時候，我每個月工資獎金也有一千多。」

「時代已經不一樣了。」

由於喝了渾酒，這頓飯沒吃多久我們就開始回憶往事。我們說起一九九〇年夏天，七、八個小崽子蹲在瘟生家的錄影出租店裡，看了一部相當古怪的毛片大集錦，大概有四十多個女演員在粗糲的畫面中輪番出現，每人時長不超過一分鐘，各種切換和配樂使一場嚴肅的青春期啟蒙教育變成了支離破碎的小品大雜燴，我們在這部片子裡指認了各種似曾相識的臉，有一個像悶悶，有一個像鬧鬧，自然也有像丹丹的，最後我們還看到一個男演員的身材很像大飛。說起大飛，自從他去珠海打工之後，就徹底失去了聯繫。

「我希望他不要重操舊業。」花褲子在「操」字上加了重音。

「你會不會懷念十七歲？」我問。

「不會，那是我過得很糟糕的日子。而且，說實話，我和你們都合不來，你們太幼稚。」花褲子捧著頭說，「我應該是這個班上最有出息的人，二十四歲就開了自己的公司，接單做生意，不用在化工廠裡做白癡。」

「對，你還雇了我。」我說，「但相比於豬大腸，我們都可以算是成功人士了。」

「豬大腸怎麼了？」

豬大腸在畢業時體重已經飆升到了兩百五十斤，他沒法控制住自己發胖的速度，他在農藥廠的金工車間裡掄榔頭敲鐵皮，節食和運動對他來說都沒用，當體重超過三百斤的時候，他不能上班了。一九九六年，他從農藥廠下崗，回到家裡，由他父母養著。現在，他將近四百斤，上過一回電視新聞，據說他是這座城市有案可稽的最胖的人。

「你想去看看他嗎？」我說，「順便說說你是最有出息的。」

「算了，我已經和過去徹底切斷了聯繫，我其實也不太想看見你。」

我們繼續喝著，後來那個長得像丹丹的女孩走進飯館，滿臉不悅，對花褲子說：「花總，卵七又來了，他在找你。」我一聽卵七這個綽號就笑了起來。

秋天時，我在華盛廣告公司上班。花褲子經常不在，有時是去外地出差，公司裡只剩我和兩個女孩。那個長得像丹丹的，大家喊她雯雯，學美術設計的，電腦玩得很熟練，另一個叫小俞，手腳略慢些。相熟以後，她們給我講了Windows系統和MAC系統的差別，又解釋了Photoshop、美術設計和平面設計師之間的關係。兩個女孩都很能幹，除了做設計之外，還負責接電話，應付一些上門生意。花褲子的辦公室不給我隨便進去，平時我只能坐在設計間裡，工作並不繁重，連續一星期我都是坐滿七個小時回家。

我每天也就和兩個女孩聊聊天，雯雯對花褲子顯然很有好感，問到他的前世今生。我告訴她，花褲子的爸爸是二紡廠的工會主席，媽媽是印刷廠的財務科長，在過去的年代，算是出身不錯的家庭，但花褲子本人不太走運，他和我一樣考上了那所化工技校，在過去的年代，化工系統是效益很好的系統，收入比較高，可是大家就沒想到那所學校本身糟糕到什麼地步。

「什麼地步？」雯雯問。

「全是流氓，包括老師也是。」我說，「等到我們畢業之後，沒兩年，環境就變了，在國營工廠上班是一件非常傻的事情。妳能明白這意思嗎？」

「什麼意思？」

「就是說，」我想了想才說出來，「我們大概是犧牲品。不過也未必，每一代人都說自己是犧牲品。」

雯雯說：「你的說法聽起來像我爸爸，我理解不了。我是學美術的，從一開始的理想就是進廣告公司，做設計師。」

我說這也曾經是我年輕時遇到的那些女孩們的夢想。講到這裡，兩個女孩都笑了起來：你才二十四歲。

後來又說起卵七。我感到奇怪，因為卵七是個十分粗俗的綽號，而雯雯一點沒忌諱地把它念了出來（她是個講話很謹慎的女孩）。雯雯說：「花總很討厭這個人，私下裡就喊他卵七，我是北方人，不知道你們說的卵七是什麼意思。」小俞在一邊偷笑。我說反正很粗俗，和傻逼差不多的意思。雯雯說這也沒什麼，傻逼是一個通用辭彙。

卵七當年和我們是同班同學。一九九〇年，學校抓資產階級自由化典型，卵七用一個小本子記下了我們所有人的胡言亂語，送到了校長那裡。花褲子在這個名單上排位第一，並不是因為他愛講話，而是卵七和他喜歡上了同一個女孩，那女孩後來去做了模特。後來，卵七被我們暴打，當著他爹的面，我們打斷了他的一根肋骨，然後把他爹的鼻梁骨也打斷了。這對父子沒敢報警。他真正的綽號應該是「告密者」，可惜在那個學校裡，沒有人聽得懂這麼文謅謅的詞。還是打斷他的肋骨比較合適吧。

卵七畢業以後和我一樣在糖精廠上班，他做了幾個月的鉗工，然後就調進了銷售科。後來我們才知道，是他爹升官了，一個局裡的小秘書調進了市政府。又過了一年，卵七調進了化工貿易進出口公司。我們和他沒有交集，我們不需要那成噸成噸的化學品。

「他現在是副科長了，手上有很多廣告印刷的業務。」雯雯說，「花總在求著他發單子。」

儘管我不想看到卵七，但最終他還是出現在了公司裡。我們打了個照面，他穿著合身的西裝，仍然佩戴著八十年末流行的變色蛤蟆鏡，這副眼鏡是他的標籤，始終能遮住他略帶斜視的左側瞳孔。

「聽說你在給花褲子打工，滿好，滿好。」

我點點頭，看了看他的肋部。花褲子在一邊不安地跺著腳，把卵七引進辦公室，關上門。沒過多久，裡面傳來卵七訓斥花褲子的聲音。我踱出去抽菸，雯雯也跟了出來。

「能從這白癡身上賺多少錢？」我問。

「上一單我們做虧了。」雯雯說，「他要的回扣太多。」

我們在商務區散步，雯雯進了便利店，也買了一包菸，沒有要回公司的意思，似乎卵七的出現真的讓她不舒服，然而，關於卵七，又實在沒什麼好多談的。那時已經到了下班時間，晚霞落在遠處的開發區上空，我們踱到酒吧區，看著遠處的馬路，很多下班的外企員工正向市區方向湧去，迎面走來幾個打扮妖冶的女孩。

我問雯雯：「這是陪酒女郎吧？」

「是的。這一帶就是她們討生活的地方。」

我又問：「她們出檯嗎？」

「我可以說我不知道，」雯雯冷冷地說，「當然嘍，她們出檯。」

那幾個女孩大聲說話，往一間酒吧裡走去。我轉過身，靠在一根欄杆上，注視著她們的背影。其中有一個女孩嗓門很大，走路的樣子像極了悶悶，那個去了二紡廠的、我們曾經認識的馬路少女。有多少次，我們都嘲笑她的大嗓門，在紡織廠的車間裡，那是必備技能；有多少次，她都說自己老了以後會被機器的噪音弄成一個半聾子。如果那女孩真的是悶悶，簡直讓我不寒而慄。

某一天，雯雯給了我一箱印刷品，讓我開著花褲子的助動車送到化工技校。我由西向東穿過了整個市區，學校還在，只是改換門庭，變成一所職業技術培訓學院。原先的化工局已經撤銷。

學校緊貼著運河，用一道高牆攔住。一九九一年夏天，不知死活的闊逼從圍牆上跳進了運河裡，因此贏了全班每人十元，當時我們繼續打賭，闊逼若敢從教學樓的樓頂跳下河，全班每人輸他一百元。這小子真爬了上去，站在三層高的樓頂，像高台跳水運動員那樣做了一個展臂的動作，最後還是沒敢跳，下來了。闊逼後來因為一包假菸，和菸販子對打，把人打成輕傷，被判拘留十五天。他還打斷過卵七爸爸的鼻梁骨，是我們班第一個被開除的。卵七爸爸升官以後，我們找到了擺香菸攤的闊逼，讓他不要在這鬼地方待著了，盡快逃到別處去。闊逼坐在街邊，沉默了很久，那一拳已經事隔三年，他說所有掄出去的拳頭都應該在二十四小時內得到回應，過期作廢。後來他收拾收拾，把香菸散給我們，換了點錢走了。

我扛著箱子進了辦公樓，把印刷品交給總務科。這學校好幾年沒來，居然有點陌生了。辦公樓共四層，頂樓曾經是郊縣委培生的宿舍，用鐵柵欄封住通道和窗戶，裡面住了很多郊縣口音的女孩。這種口音受歧視，那夥狂妄的技校少年覺得她們是鄉下女孩，不值得交往，但其中有一個叫阿霞的，她是我畢生所見的最像瑪麗蓮·夢露的女孩，即使在此後歲月裡我去過很多地方，交往過很多女孩，這個來自郊縣的夢露仍然無可匹敵地留在了我的腦海裡。我最後一次見到她時，她違反校規，把頭髮染成了很淺的金色，撕碎了所有的考卷從宿舍窗口撒了下來，然後她退學了，背著行囊不知道去了哪裡。

我獨自走出辦公樓時，在樓道口遇到了陳國真，我們當年的班主任。他叫住了我，問道：「聽說你在給花瑋打工？」

「合開公司。」我撒謊說。

陳國真幾乎是敬重地看了我一眼。

「你什麼時候退休？」

「我還能做十幾年。」

「學校不下崗？」

「學校不會下崗。」

他也老了，而且變得文靜了些。過去他一直誇口自己在西藏當過兵，訓起學生來滿口髒話，學校認為像他這樣的狠角色來管我們四十個男生，十分合理。有一次，他訓完之後自己居然哭了，是那種情緒起伏很大又不太懂得控制自己的人。他一直不知道這夥十七歲的小崽子有多冷血。

我派了根菸，在辦公樓外面抽了幾口，問起他關於西藏的問題。他說進藏最好從北邊走，坐火車到青海格爾木，休整一下，換汽車，到拉薩正常情況下五、六天時間，途中經過唐古喇山口，那裡海拔很高，現在這個季節還能去，再過一個月你就受不了那氣候了。我問他川藏線怎麼樣。他說，那條路不好走，很危險，有一年他們連長的妻子來探親，遇到坍方，路上走了十幾天，橋斷了，兩人隔著河看了一眼，喊了幾聲，探親假也用完了，就此打道回府。我問他，西藏那邊有沒有熟人，我想去無人區。他搖搖頭說，到了拉薩，你要是機靈點，四海之內皆兄弟，你要是不機靈，狗都能把你攆出去。

關於西藏，他能講上三天三夜，過去我們為了討他歡心，就故意求著他講西藏的故事。事到如今，他好像也沒什麼可多講的了。臨別前，他再次確認了一下，問我，真的要去西藏？

「真格的，必須要去，如果感覺不錯就不回來了。」我說。

我和雯雯聊起西藏的時候，她變得興奮起來，往隨身聽裡放了一張朱哲琴的《阿姐鼓》，插上有源音箱，聽了起來。我喜歡那首〈羚羊過山崗〉。雯雯說：「雅菲裡面有一個西藏專賣展覽，去看看？」我說，沒想到她也對西藏有興趣。她說：

「嗨，我是學美術的。」

我們晃到雅菲大酒店，它已經不再是本市最豪華的賓館，南區的喜來登和西區的希爾頓相繼落成。大堂還是老樣子，我們走進專賣店，櫃檯裡陳列著各色藏銀飾品、天珠、蜜蠟、唐卡，架子上有一排嘎巴拉碗，雯雯說那可能是仿品。我盯著牆上一張開價九千的雪豹皮，看了很久，想到了《乞力馬札羅的雪》＊。

我們離開雅菲大酒店，到一間咖啡館坐了一會兒，正是午休時分，商務樓裡有一些男女走進來。雯雯說，瞧，這是中國的第一代白領。後面的話她沒說，不知道是羨慕還是嘲笑。我呢，看著櫃檯裡繫圍裙的咖啡師，動作麻利，表情流暢，我揣摩自己要是站在那位置，會是什麼樣。

「我來錯了地方，」雯雯說，「我應該去北京、廣州、上海，我以為你們這裡廣告業很發達呢，很可惜，只有一些販賣戶外廣告的投機商，賄賂市政管理部門，然後賺差價。他們根本不需要平面設計。過了今年，我一定要去西藏。」

「到底是去大城市做白領，還是去西藏？」

「這是個好問題，也是個爛問題，兩者根本不衝突嘛。」她認真地說，「但

＊ 臺譯《雪山盟》。

是，對某些人而言，這是一個方向性的選擇。比喻意義上的。」

「能指意義上的。」我說。

說到這裡，她的傳呼機響了，一看是公司打過來的。雯雯托著臉，做了一個不耐煩的表情。「你的老同學又來了。」

我們在咖啡館又坐了十分鐘，然後才走回公司，卵七就坐在我平時抽菸看雜誌的扶手椅上，兩腳擱在雯雯的電腦椅上。他還是那副打扮，沒跟我打招呼。小俞無助地看了雯雯一眼，後者板著臉站在電腦前，卵七把腳放回到地面上。雯雯打開電腦，螢幕上出現了一張設計到一半的冊頁封面。卵七拉過椅子，湊到了雯雯身邊。雯雯說：「麻煩你把墨鏡摘了，你戴著這個是看不準顏色的。」

這本進出口貿易公司的產品型錄就是花褲子求來的業務，從設計到印刷，華盛一手全包。雯雯告訴我，這是她做過的最厚的冊子，將近一百頁的膠裝，設計工作量巨大，當然也意味著利潤很厚。卵七湊在電腦前，指點著讓雯雯調整字體和插圖。雯雯說過，這是平面設計師最憎恨的工作方式，但我也沒有辦法，我根本就憎恨卵七。到下午時，我在門口抽菸，花褲子回來了，他沒進去，在門口要了我一根菸。

「這就是你和過去徹底切斷聯繫的結果？」我向裡面看了一眼，「以及，還有，化工技校的生意。」

花褲子看著手裡的香菸，用他一貫厭世的口氣反問：「為什麼要在乎這些話？如果不是卯七，而是大飛，你還會這麼問我嗎？」

「我不會。」我誠實地回答，其實也是不想讓他難堪。

「但這白癡真很討厭，他改起設計來沒完沒了，他好像覺得自己是畢卡索，或者達文西。操他媽的，他只是一個技校畢業靠著他爹才混上副科長的白癡。」

我們抽著菸，隔著玻璃門，裡面雯雯的臉色已經接近暴躁。我不得不開解花褲子：卯七看上去並沒有惡意，他只是以為自己懂設計，你知道，這種白癡很多，他以為自己很帥，以為自己很聰明。我講話的語調又回到了十七歲，變得像一個憤世的小流氓。我覺得自己活回去了。那天搞到傍晚六點，不但花褲子和雯雯受不了，連卯七自己都累壞了。

那以後，卯七天天來。雯雯負責設計，卯七負責提意見，兩人修改完畢，他的上司又推翻，繼續修改。雯雯崩潰了兩次，小俞接力來做，就像一場貓和老鼠的遊戲。到十月底，大家終於見到了曙光，卯七的上司簽字通過了設計稿，現在這批東西可以放到印刷廠去開印了。有一天夜裡，我們三個人又去了「何嫂家常菜」，花褲子在店門口給了我六百元現金，說是當月的工資。

「以後發工資記得在辦公室裡，而不是這樣，像黑社會賣白粉。」我說。

「你要記得，我是你的老闆。」花褲子說。

我們走進店裡陪卯七吃飯，花褲子替他斟酒並敬菸，有時出於禮貌也發給我一根。雖有陳年芥蒂，畢竟心情還不錯。我們迅速喝下去一瓶白酒，然後喝啤酒，開始回憶往事。卯七提到了雯雯，雯雯為什麼不來？花褲子說雯雯在公司加班，她是設計師，按規矩不陪客戶喝酒。卯七說：「雯雯長得真像丹丹，你還記得丹丹嗎？」

花褲子說：「丹丹要是在這兒，能給你一個耳光然後讓你滾蛋。」

卯七說：「我也曾經遇到過一個女孩像丹丹，我追求過她。」

花褲子說：「世界上並沒有那麼多女孩像丹丹。」

又喝了幾杯，卯七忽然哭了起來，這讓我有點煩躁，我討厭喝多一點就以淚洗面的人。卯七說起了丹丹，說起他曾經約會過丹丹，卻被她甩在街上的事情，那件事發生在一九九〇年，那時他十七歲。在我看來，這是一件極其平常的事，丹丹把我們所有人都甩在街上，毫不奇怪。我想起大飛形容過的：卯七哭起來像一隻受了委屈的老鼠。是的，卯七從來沒長大過，他活在那個古怪的、廉價的十七歲，在那個年代他就以為自己早熟早慧，但實際上，即使時隔多年他也未能跨出半步。

「我為了丹丹被你們打斷了一根肋骨。」

「不。」我和花褲子幾乎同時喊了起來，而且笑了。「你是因為告密被打斷了肋骨。」

「不，」卵七說，「我是因為和丹丹好上了，你們妒忌我。」

「你從來沒有和丹丹好過，你記憶出錯了。」花褲子說，「不過你可以這麼安慰自己，畢竟，作為告密者來說，不是很光彩。」

卵七往地上扔了個啤酒瓶，這樣，花褲子不得不結帳，我們走出飯館，外面很冷了。花褲子搭著我的肩膀說：「我應該再打斷他一根肋骨，他一直在騷擾雯雯。」

「他以前那根也不是你打斷的。」我說。

我們三個人走到開發區大道邊，一同跑到花壇邊小便，然後在街邊的長椅上坐下。夜還不算太深，公車像移動的金魚缸，開過我們眼前。至少有一瞬間，我感到逝去的時光又回來了，但並不美好，過去和未來的時光同時懸掛在夜空裡。涼風吹過以後，我有點暈，想回家。

「路小路，你可以回家了。」卵七吩咐我。

「什麼意思？」

「回去吧回去吧。」

卵七又露出了那種詭異的笑容，我太熟悉了，那笑容意味著他有一個十分得意的秘密不打算讓你知道，但在事後，他又會忍不住拿出來炫耀。我站了起來，花褲子翻看著手裡的中文傳呼機，他告訴卵七：「我得回一趟公司。」

「我跟你一起回去。」卵七說。

「你不能去！」花褲子焦躁起來，把傳呼機塞回自己腰裡，「當然我也不能把你撂在這裡，等會兒讓路小路開我的助動車送你過去。」

我問：「去哪兒？」

花褲子把我拉到一邊。

「我答應了今天晚上帶卵七去帝豪桑拿會所，但我沒法去了，雯雯剛才發消息給我說，她不幹了，要辭職，我得回公司去留住她。」

「你可以明天帶卵七去洗桑拿，或者明天去留住雯雯。」我說。

「我並不想去洗桑拿，我只想現在就回公司去見到她。」花褲子說著，從褲兜裡摸出車鑰匙交到我手裡，又從錢包裡掏出一千塊給我。「開我的助動車，帶這個白癡去吧。他喜怒無常，如果不滿足他，明天的預付款到不了，我就沒法下印廠開印那批東西。」

「你能告訴我，他要洗的是哪一種桑拿嗎？」

「帝豪就在酒吧區後面，你知道的，不要再問我了。」

我開著助動車帶卵七去酒吧區，道路很黑，我開得挺慢的，免得自己掉進哪個無蓋的窨井裡。他起先很詫異，認為花褲子應該陪他。我說，你不至於想和花褲子在同一個房間玩吧，或者玩玩花褲子？卵七說，那倒不至於。我說，那就對了，誰陪你去，並沒有什麼分別。

我問他，還記得當年，我們班四十個男生湊齊了錢，去溫州髮廊洗頭的事情嗎。卵七感動起來，說那件事印象深刻。我追問道，你喜歡桑拿或者洗頭嗎？卵七說，業務活動嘛，我們招待客戶也都是去桑拿房。我又問，你喜歡雯雯嗎，覺得她像丹丹嗎？卵七說，像又怎麼樣，她不如丹丹可愛，聽說丹丹後來做雞去了，丹丹也不可愛。我說，你他媽的剛才好像為丹丹掉眼淚了。卵七說，我的眼淚不值錢。我一邊開車一邊笑，說我真應該把你的兩排肋骨全他媽打斷，還記得是誰打斷你的肋骨嗎？卵七說，不記得了，就記得是闊逼把我爸的鼻梁骨打斷了，我要是能找到闊逼啊，我讓他在局子裡抽筋剝皮。我說，不要這樣，闊逼是個不怕死的，他可能會先把你全家殺了。卵七問，你還記得是誰把我的肋骨打斷的嗎？我說，那麼多人一起動手打你，沒看清，有可能是我打的。卵七說，不是你。我說，真的是我。卵七說，我雖然喝醉了但我知道不是你。我說，你就記住，我們當時不是為了丹丹打你，但如果換了現在，我願意為丹丹打斷你的肋骨。

我們就這樣胡言亂語地來到了帝豪樓下，我帶著卵七上去，把他交到一個領班手裡，帶了進去。他沒回頭招呼我。我坐在大堂的沙發上抽了根菸，看著牆上的鐘，偶爾有女孩帶著完事的客人到帳檯結帳。那身高一米六左右的，我真的以為是悶悶，又嚇了我一跳。我站了起來，走上去看了一眼，那女孩拍了拍我肩膀，走了。我確信她不是悶悶，只有悶悶拍我的肩膀不會讓我惱怒，但那已經是好幾年前的事了。我想起了《麥田裡的守望者》*的結尾，想起了所有的人。

我真的坐不下去了，到帳檯前，掏出了花褲子給我的現金，提前為卵七結帳。帳檯的小夥子告訴我：「一千六。」

「八百塊兩個鐘，應該是這個價吧？」我說，「這是全市統一價。」

「他叫了一個雙飛燕。」

我遏制不住地大笑起來，用帳檯上的電話機給花褲子掛了個電話。

「他叫了個雙飛燕，而我這兒……」我摸了摸自己的口袋，「除了你給我的一千之外，還有六百塊工資。」

「你幫我墊付掉。」電話裡傳來花褲子疲憊的聲音。

「雯雯怎麼樣了？」

「你幫我墊付掉！」花褲子大喊起來，「讓那個白癡玩爽！明天他就會老老實實把錢打給我了！」

我把口袋裡所有的錢掏出來交給了小夥子，並告訴他，如果那位客人還點了其他東西的話，就只能請他自己付帳了。

我獨自走下樓，找到了花褲子的助動車，夜晚涼得讓人心碎。我開著助動車走了一段路，到達酒吧區，那一帶燈火輝煌，但並不是很熱鬧。我有點想念學日語的女孩，不知道她在哪裡。與此同時我也開始想念丹丹，想念悶悶，想念紡織中專的小蠻婆們，想念那個從來沒搭過話的夢露一樣的女生。有兩個穿短裙的女孩正走出酒吧，經過我身邊，一直走到黑暗的道路上，像是沒有什麼值得留戀。我想起有個女孩說過，在她的身體裡住著另一個人。那語調太抒情又太疲倦，只有十七歲的她講這句話才不那麼矯情。我猜想在這個時間之中還有另一種時間，在這個夜晚之上還有另一個夜晚。這句話可以一直翻版下去，直到耗盡我的記憶。

＊ 臺譯《麥田捕手》。

當代名家・路內作品集2

十七歲的輕騎兵

2019年9月初版　　定價：新臺幣290元

		著者	路內
		叢書主編	陳逸華
		校對	施亞蒨
		內文排版	極翔企業
		封面設計	何幸兒
		編輯主任	陳逸華
出版者	聯經出版事業股份有限公司	總編輯	胡金倫
地址	新北市汐止區大同路一段369號1樓	總經理	陳芝宇
編輯部地址	新北市汐止區大同路一段369號1樓	社長	羅國俊
叢書編輯電話	(02)86925588轉5305	發行人	林載爵
台北聯經書房	台北市新生南路三段94號		
電話	(02)23620308		
台中分公司	台中市北區崇德路一段198號		
暨門市電話	(04)22312023		
台中電子信箱	e-mail：linking2@ms42.hinet.net		
郵政劃撥	帳戶第0100559-3號		
郵撥電話	(02)23620308		
印刷者	文聯彩色製版有限公司		
總經銷	聯合發行股份有限公司		
發行所	新北市新店區寶橋路235巷6弄6號2樓		
電話	(02)29178022		

行政院新聞局出版事業登記證局版臺業字第0130號

本書如有缺頁，破損，倒裝請寄回台北聯經書房更換。　　ISBN 978-957-08-5360-5 (平裝)
電子信箱：linking@udngroup.com

國家圖書館出版品預行編目資料

十七歲的輕騎兵/路內著．初版．新北市．聯經．2019年9月（民108年）．264面．14.8×21公分（當代名家・路內作品集2）

ISBN 978-957-08-5360-5（平裝）

857.7　　108012121